连我都不知道
自己想要什么的时候

[韩]全承焕 —— 著
陈慧颖 —— 译

내가
원하는 것을
나도 모를 때

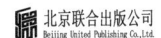

北京联合出版公司
Beijing United Publishing Co.,Ltd.

图书在版编目（CIP）数据

连我都不知道自己想要什么的时候 /（韩）全承焕著；陈慧颖译. — 北京：北京联合出版公司，2021.6

ISBN 978-7-5596-5184-6

Ⅰ. ①连… Ⅱ. ①全… ②陈… Ⅲ. ①散文集—韩国—现代 Ⅳ. ① I312.665

中国版本图书馆 CIP 数据核字（2021）第 058957 号

Copyright © 2020 by Seung-hwan Jeon, 全承焕
All Rights Reserved.
Original Korean edition published by DASAN BOOKS
Simplified Chinese Character translation rights arranged with DASAN BOOKS through YOUBOOK AGENCY,CHINA
本书中文简体字版权由玉流文化版权代理独家代理。

连我都不知道自己想要什么的时候

作　　者：（韩）全承焕　　　　　译　　者：陈慧颖
出 品 人：赵红仕　　　　　　　　产品经理：郭艳宇
责任编辑：牛炜征

北京联合出版公司出版
（北京市西城区德外大街83号楼9层　100088）
北京联合天畅文化传播公司发行
天津光之彩印刷有限公司印刷　新华书店经销
字数154千字　880 mm × 1230 mm　1/32　印张 8
2021 年 6 月第 1 版　2021 年 6 月第 1 次印刷
ISBN 978-7-5596-5184-6
定价：48.00 元

版权所有，侵权必究
未经许可，不得以任何方式复制或抄袭本书部分或全部内容
如发现图书质量问题，可联系调换。
质量投诉电话：010-88843286/64258472-800

序言

默默地陪在我身边

我内心真正渴望的是什么？现在的我是否过得很好？未来的我要以什么样的方式生活？人生由无数疑问组成，这些问题的答案如果仅凭一人之力去寻找显然有些困难。

为什么会时常感到空虚无助？
为什么会如此疲于人际交往？
为什么每天都努力生活却感受不到幸福？
人生原本就该如此失魂落魄吗？

每当这种疑惑浮现在我脑海中的时候，一股深深的无力感便会让眼泪瞬间夺眶而出。没有时间去苦恼原因，也没有头绪去安抚身心俱疲的自己，这种翻涌的情绪会在承受不住压力而崩溃的那一刻彻底爆发。

每天奔波于快节奏生活中的我们会在不知不觉中掏空内心的

一角，而心底空荡荡的洞会让我们变得不再完整，在随波逐流的生活中渐渐迷失自我，做什么事都提不起兴致，也听不进任何人的安慰和告诫，每天想要独处的同时又会感到无比寂寞。

我也曾有过这样的经历。"没关系，一切都会好起来的！""加油啊！你一定可以！"每当这时，虽然周围的亲友会说一些鼓舞的话来给我加油，但生活带来的压力依旧让我喘不过气来，虽然我并没有很想变得强大，或者说一定要完成什么惊天动地的壮举。

后来，我明白了错误的根源在于：明明知道每个人追求的人生都不一样，我却把自己的人生方向和决定权交托给了别人，想要通过他人来弥补内心空虚残缺的地方。我逐渐开始懂得，比起直接的安慰，更具力量的是默默地陪在身旁，给予自省的勇气，这比任何一点都重要。

如果各位和我有相同的感受，我想在此献给大家遇见一本书、阅读一篇文章的时间。过去的七年间，我以"读书的男人"作为笔名与大家分享了无数篇优秀文章。这些文章在Facebook和KaKaoStory等网络平台上深受不同年龄、不同职业背景的读者喜爱，并被他们称为"能够产生内心共鸣的文章"。

最初我只是因为自己喜欢而上传文章，没想到会受到很多

序 言

读者的喜爱并引起他们的同感。我一方面为此感到惊喜，另一方面也对其深受喜爱的原因感到好奇。后来我意识到，人在感觉疲惫而想要得到安慰时，最需要的其实是书，因为书不会对我们提出任何要求，也不会让我们必须付出什么，它只是默默地陪在身边，帮助我们直面内心深处的自己。书也可以作为跨越时空、交流感情的媒介，它会让我们觉得眼前的艰难时光不只是自己一个人在经历着，大千世界的另一个角落里，也有某个不知名的同伴正和自己一起度过这段黑暗的时光，这种阅读体会能给予人们莫大的安慰。

我将那些曾经感动过我、给过我力量的文章在这本书中分享给大家，这些也是我以"读书的男人"的身份给许多读者分享过的文章，我希望这本书能或多或少地安慰那些疲惫已久的心灵，为它们提供短暂的休憩时光。在每个人都是初次踏足的人生道路上，愿这本书能够成为照亮你前方路途的一抹微光。

愿你的灵魂可以借着文字的力量重获温暖，治愈伤痛，并坚定不移地勇往直前。

目录
Contents

Chapter 1
好像有人在问我是否安好
关注自己的情感

听见从内心深处传来悲伤的声音时 – 003

无法入睡的夜晚 – 008

连我都不知道自己想要什么的时候 – 013

治愈伤口的适当距离 – 018

孤独的各种形态 – 025

不留遗憾的爱 – 031

憎恨和愤怒给予我力量 – 036

伟大的执着 – 043

要一起喝杯茶吗 – 047

为你的故事沉醉的夜晚 – 053

目 录

Chapter 2

当"加油"也无法给人安慰的时候
审视自己的时间

总是令人在意的季节 - 063
想漫无目的地度过一天 - 070
像爱初雪一样去热爱 - 077
对你的琐碎日常感到好奇 - 082
问我为什么？因为是青春啊 - 088
即使开启了大人的时间 - 093
不加油也没关系 - 099
脱离日常才是真正的旅行 - 104
即刻出发去冒险 - 110
人生是一种记忆 - 116
尚存的关系，尚存的回忆 - 120
蓦然浮想起的面孔 - 128
夜深而至 - 135
现在，此刻的时间 - 142

连我都不知道自己想要什么的时候

Chapter 3

要珍惜的人，要远离的人
梳理自己的人际关系

回首过往，一直都是一个人 - 151

停止扮演乖小孩角色 - 158

妈妈的名字 - 164

让我们朝着同一方向前进 - 171

爱得更深的人才是强者 - 175

即使所有缘分都有尽头 - 181

每天靠近一点点 - 185

不再惧怕与他人产生误会 - 191

目录

Chapter 4

成为完整的自己
构建自己的世界

自信而自由 - 201

活着就是要面对离别 - 206

追梦,不会成真的梦 - 210

真有那么一个人,可以成为我人生的意义吗 - 218

遨游在浪漫海洋中的方法 - 223

然后,人生会变得美丽 - 229

你和我,共同存在于这个世界 - 235

后记 称其为"感悟人生的文章"的理由 - 242

Chapter 1

好像有人在问我是否安好

关注自己的情感

Chapter 1 好像有人在问我是否安好

听见从内心深处传来悲伤的声音时

即使是平日里看起来若无其事的人,叩其内心深处,也会响起悲伤的声音。

夏目漱石的著作《我是猫》的主人公是一只猫,作者运用讽刺的手法和犀利而又不失风趣的语言,借用"猫"的视角来观察和描写人类社会。我喜欢这部作品,是因为在现实中,很多人从表面上看都在若无其事地生活,但他们的内心早已伤痕累累。

那种强压在心底的悲伤有时会突然不受控制地涌上心头,没有任何缘由。下班途中、吃饭时,或者深夜入睡时,总是会毫无预兆地陷入悲伤。虽然生活原本就充满喜怒哀乐,但如果悲伤难过的日子多过快乐的日子,并且悲伤难过的情绪长期占据日常大部分的情绪状态的话,无论是谁都会觉得疲惫不堪。令人痛心的是,现如今越来越多的人不再是平凡而快乐地活着,而是越来越感到平庸和不幸。

连我都不知道自己想要什么的时候

在路上无意间看到杂乱生长的树枝,觉得它们仿佛就是自身的样子;深夜走在空无一人的巷子里有种突如其来的空虚感……如果你有这样的经历,说明此刻的你需要安慰和鼓励。

对我而言,想要解决内心突然涌上来的悲痛情绪,最好的方法就是让自己更加孤独。坐在书桌前,翻开一本能够触达内心的书阅读,若是被文中的某句话触动了,就会不知不觉间泪流满面。这种时候我会放任自己大哭宣泄。不需要在意旁人的眼光,只要直面内心最深处的自己就好。

当然,这种方法并不意味着问题或困难能够得到实质性的解决,它只不过是减轻内心的负担,给自己一些正能量。诗人郑浩承在其作品《关于低谷》中准确地表达了这种情绪:

> 经历过低谷的人说
> 其实是看不到谷底的
> 只不过是向最低处的谷底跌去
> 只有跌到谷底才能重新振作起来
>
> 跌到过谷底并重新振作起来的人说
> 实际上是无法感受到谷底的
> 虽然感受不到

Chapter 1　好像有人在问我是否安好

但最终还是选择了重新振作起来

经历过人生低谷并振作起来的人说
不会再有比这更糟糕的境遇了
低谷之所以存在，是因为它没有尽头
正因为看不到，所以才能看清
只不过是熬过去后选择了重新振作起来而已

能够触及内心深处的伤痛并给予安慰的人少之又少，如果有的话，那也只有自己。当然，我们也会渴望得到他人给予的安慰，需要靠在别人的肩膀上汲取温暖的力量，但相比之下，我们更需要的是直面悲伤，学会自我治愈。这时，在书中读到的那些温暖的字眼会走过来告诉你："认真体会自己内心的情感，'我'会一直陪在你身边。"

最初我以为这只是因为喜欢阅读而产生的想法，后来读到评论家申亨哲的作品《学习悲伤的悲伤》，我才深刻理解了其中的缘由。

> 有人说，文学不是心灵的慰藉，而是对灵魂的拷问。这种说法不无道理，然而，文学之所以能够在某些时刻抚慰受伤的心灵，是因为它是由经历过痛苦的人诉

说出来的话语，而正在经历某种痛苦的人恰好能够对此产生共鸣。

悲伤和痛苦呈现的形式多种多样，这导致人们需要不同形式的安慰。有时要学会自我安慰，有时却需要得到别人的安抚和关怀。

在感到疲惫不堪的时候，人们都希望身边有个可以说说心里话的朋友吧。即使对方不能完全理解自己的心情，但只是向别人倾诉烦恼这一点就能让人得到莫大的慰藉。另外，我们也会在倾听别人的烦恼时获得一些力量。

安慰的本质是内心充满希望和爱的人互相交心的过程。真情实意能够打动人心，也能安慰任何一个需要抚慰的心灵。

有时我的脑海里也会冒出一些无厘头的想法：也许人生的妙事之一就在于，这世上有无数悲伤和痛苦的人需要得到世人的安慰和鼓励。如果世上不存在悲伤，那么也不会存在安慰这件事情，更不会存在直面自己内心和试图理解他人的想法这类事。

曾因感动过无数理工科大学生而广为人知的著名教授郑在灿在作品《致忘记诗的你》中写道：

偶尔也会有无论怎么努力都看不到任何希望的时候，也会有让人觉得绝望到无以复加的时候，然而，感

Chapter 1　好像有人在问我是否安好

受不到绝望才是真正的绝望，感受不到悲伤才是真正的悲伤。在感受不到任何希望的时候，我们要让自己变成那道希望。从别人那里感受不到希望，那就创造希望，这也正是诗人想要表达的心态。活在世上只有选择爱才会有希望。学会去爱别人，学会成为能够互相给予希望的那个人。

"没关系""都会好起来的""不要太担心"，听起来可能觉得有些敷衍，但只要是发自内心说出来的话，就具有安慰人心的力量。正是因为世界上没有所谓最好的安慰方式，所以人们才会为了读懂对方而努力，才会试图让彼此都知道"不止我如此，每个人都需要得到安慰"。

需要得到安慰时，
总是想着用什么方法可以让受伤的心灵得到慰藉，
在思考中度过了这样的日子。
我相信总有一天会找到答案，
在你真正需要得到安慰的时候，
能够找到让内心感受温暖的最合适的方法。

连我都不知道自己想要什么的时候

无法入睡的夜晚

很多人都经历过明明已经累到极致，却无论如何都无法入睡的夜晚。十二点、凌晨一点、凌晨两点……不断地查看时间，辗转反侧。明明第二天起床后要做的事情已经堆积如山，却还是迟迟无法入睡，因此更加焦躁不安。

失眠的夜晚通常会在对某件事物可望而不可即、对未来的事情感到没有头绪、某些人际交往不顺畅，或者在其他人面前感到自卑不安的时候找上门来。因为对第二天起床后需要面对的事情感到惴惴不安，所以始终无法入睡。产生这种感觉的原因可能有很多种，有的时候明明一切都一帆风顺，却还是能感到一丝忐忑，那种生怕眼前的幸福会随时破碎的焦虑无孔不入地钻进心里。没有什么具体的缘由，却总觉得眼前竖着一堵高墙的压迫感就是这种不安的真实写照。

每个人应该都体会过焦虑的情绪，那我们该如何对待这种情绪呢？有没有一种能够彻底消除焦虑情绪的方法呢？英国作家阿

Chapter 1 好像有人在问我是否安好

兰·德波顿曾在《身份的焦虑》中对人们感受到的焦虑情绪做出了如下描述：

> 当人们认为自己能够拥有比现在更好的另一种状态时，或者认为差不多同水准的人过得比自己好的时候产生的那种情绪就是焦虑。

即使如今的生活比起过去已经相当富足，却仍然会感到焦虑的原因就在这里，因为整个社会都在时刻鞭策着我们不要满足于现状，要努力成为更优秀的人。富足中的贫困指的就是现在这种状况。令人感到悲哀的是，如今人们越是富足，就越会和其他人做比较，进而不断放大自身的不足之处。

其实我自己也无法摆脱这种焦虑的情绪，每当书和演讲受到大众喜爱时，我都会质疑自己：我是否真的可以给别人带来安慰和灵感？我是否真的有资格受到别人的喜爱？我是否应该更加努力以对得起大家的这份喜爱？

我想每个人在社交平台上看到别人的生活动态后都产生过羡慕的情绪，或者有落后别人一步的失落感。明知完全不用在意他人的眼光，但还是会下意识地与别人做比较，让自己陷入更加焦虑的状态。

连我都不知道自己想要什么的时候

因为谁也无法预测未来发生的事情，所以会担心一切是否安好，也会担心现在的自己是否误入了歧途。人会产生不安忧虑的情绪其实很正常，焦虑本身就是人类能够感知到的一种很自然的情感。在十几岁的年纪，我们会因为同学间的关系和学业而烦恼；在二十几岁的年纪，我们会因为恋爱和事业而烦恼；到了三十几岁的年纪，我们会因为婚姻、育儿等问题而烦恼。在人生的各个年龄段，我们都会因为不同的原因而产生焦虑情绪。消除了一个烦恼，紧接着又会产生另一个新的烦恼。

与因某种特定原因产生的恐惧相比，焦虑的形成没有明确的原因，因此充满了不确定性。适度的焦虑是一种很正常的现象，问题是许多人会对某一件事感到过度不安，甚至影响到了正常的生活心态。那么这时，我们应该怎么面对和克服呢？

当认为自己的存在微不足道而感到焦虑的时候，迈出脚步去旅行，去亲自感受一下大千世界的魅力，是治愈这种自卑情绪的好方法。如果没办法实现，那么不妨通过艺术作品去领略各国的风情。

第一种方法正如作家德波顿在作品《身份的焦虑》中写到的一样，可以去旅行或者欣赏世界各国的艺术作品，通过这种接触新世界的新鲜感和兴奋感来暂时忘却现实中的焦虑不安。培养一

Chapter 1　好像有人在问我是否安好

种兴趣爱好也是不错的选择，人在集中精力做某一件事的时候，不安的情绪就会消失。当然，这种方法最大的弊端就是时效性比较短。

我推荐的第二种方法是将焦虑作为生活的一部分平静地接纳。在此，我想对读者们提出一个问题：焦虑和不安真的只会给我们的生活带来消极影响吗？

有一位哲学家曾对这个问题进行过深入研究，他就是19世纪的丹麦哲学家索伦·克尔凯郭尔，著有《致死的疾病》《非此即彼》《恐惧的概念》等作品。克尔凯郭尔主张"没有人能够不承受任何压力和焦虑不安，内心深处是平静如水的状态"。比起试图去消除不安，克尔凯郭尔反而将焦虑的情绪作为理论基础开创了存在主义哲学流派。他宣称"焦虑是自由的可能性"。

能够感知到痛苦才能恰当地治疗伤痛。同理，能够感知到焦虑才能意识到自己目前的身心状况，从而帮助自己寻找更正确的前进方向。不仅对个体而言是如此，站在社会角度考虑也是如此。如果大多数人的生活都处于过度焦虑的状态，说明这个社会存在政策和制度上的缺陷亟待发现和弥补。克尔凯郭尔这种犀利的洞察力和颠覆性思想对黑塞、卡夫卡、加缪等后世作家产生了巨大影响。

有的时候我会希望听到别人对自己说句"做得真棒"，哪怕

连我都不知道自己想要什么的时候

这个人是在说谎；希望能够有人陪在身边鼓励我，让我不要太过焦虑不安；希望有人能站在我的角度替我说话，不管发生什么事情都站在我身边给予支持。作家成秀善的文章《孤单的我写给孤单的你》中有一段很容易让人产生共鸣的话：

"现在这种程度就已经很好，做得很不错，不需要太过焦虑不安。"多么希望在我询问他人之前有人能够主动跟我说这些话。哪怕只是善意的谎言，也希望有人能够告诉我，我已经做得足够好，继续保持就行。

在感到焦虑的时候，首先关注自己的内心，然后再思考其他事情。当我们接纳了各种面貌的自己，学会去包容自己的不足之处，学会与自己相处时，就会发现无论在什么情况下，我们都能够坚守自己内心的幸福。等我们的身边拥有了一直支持自己的人时，即使有突发事件也能够从容应对。

只要把内心的焦虑维持在适当的范围内，它就能成为幸福的催酶剂。就像坐过山车或跳楼机时，我们既感到恐惧又感到快乐一样，当我们学会把焦虑作为生活的一部分而接纳它，并从中寻找到快乐时，因担心焦虑而迟迟无法入睡的夜晚就再也不会降临了。

Chapter 1　好像有人在问我是否安好

连我都不知道自己想要什么的时候

"你想要的是什么？"

"你是指什么？想要的东西吗？"

"不是说物质上的，我指的是内心深处渴望的。"

"说我想要的嘛……不过为什么突然问这个？"

"就是最近突然觉得自己只是在漫无目的地活着，连自己内心深处想要什么都不知道。"

有一天我和朋友进行了以上对话。回顾以往，我发现已经很久没有思考过自己内心深处的需求到底是什么了。每天为了生计而忙碌奔波，这个人生中最基本的问题已经被我抛在脑后很久了。与朋友分别后的很长一段时间里，这些对话内容都在我脑海中挥之不去。我开始试着寻找这些问题的答案："小时候自己的理想是什么？""让我感到最幸福的事情是什么？""做什么最让我有成就感呢？"

连我都不知道自己想要什么的时候

在书桌前陷入沉思之际,我不经意间瞥到了书架上的一本书,是作家金东营的《只安慰我自己》。慢慢地翻开书本阅读时,我看到了这样一段触动内心的文字:

> 我静静地问自己,是否做着内心真正喜欢的事情。老实说,与其说内心真正喜欢,不如说我只是做着一份在别人看来很不错的工作。不知道现在这个年纪开始寻找自己喜欢的事情算不算为时已晚,但如果可以的话,我想余生都去做自己内心真正热爱的事。

随后,我合上书,闭上眼睛。这段文字虽然没有针对我的疑问给出一个答案,但是诉出了我的内心所想。我每次在遇到烦恼或需要安慰的时候都会读书,这也成了我多年的习惯之一。在认真阅读一篇篇文章的过程中,如果遇到能够引起共鸣的文字,就能给予我莫大的安慰和力量。作家金东营的文章就是如此。对于"我真正想要的是什么?"这个疑问,他的文章让我认真去思考自己内心真正渴望的是什么。我真正渴望的,绝不是那些能够用金钱换来的东西或者从表面上看起来光鲜亮丽的事物。

内心渴望的东西其实会随时间改变。有的时候,明明是因为喜欢才开始做的事情,到后期却会感到有些厌倦。也有可能随着

Chapter 1　好像有人在问我是否安好

时间的流逝，发现之前那些并不是自己真正喜欢的事，只是为了迎合别人的眼光才去做的。之所以会产生这种结果，一般都是因为听了这样一句话："现在辛苦一点，都是为了以后的日子能过得更舒服。你想做的事情以后还有很多机会去做。"

从学生时期到步入社会，我们听过无数次类似的话："为了上大学要好好学习""要找一份体面得体的好工作""要结婚生子组建家庭"……为了幸福需要做的事情太多了，可是只有做到这些才能获得幸福吗？难道不会反而在彷徨中迷失自己吗？

为了幸福我们需要倾听自己的内心，一味迎合他人的标准尺度和目光是无法获得快乐的。即使后期内心想追求的东西可能会变，但只要听从内心所想就好。幸福不在不可触及的远方，而在充实自己内心的那一刻。作家金敏哲在作品《所有星期的旅行》中这样写道：

>以前
>在书中写过这样一句话：
>"从此刻开始幸福。"
>有人跟我说：
>
>"从此刻幸福"的缩语是
>"旅行"

连我都不知道自己想要什么的时候

于是点头深表赞同。

我读到这一句的时候也点头表示同意。我们每个人都身处人生的旅途，想要享受这段旅途，就要听从内心的喜好去安排日程。举个例子，比起到处浏览观光更喜欢坐在咖啡厅享受休闲时光的话，那就按照自己的喜好执行就好。即使别人说得再好，如果自己的内心不喜欢，那就没办法从中获得快乐。没有什么事情是非做不可的，不要过度在意别人的声音，仔细去聆听自己的内心，你会逐渐听清它的诉求——"此刻开始做你真正喜欢的事吧，就算别人不满意或者对你指指点点，也义无反顾地去做吧！"

罗曼·加里曾用笔名埃米尔·阿雅尔发表了作品《如此人生》，文章的开头有这样一段话：

他们说：
"你因为所爱之人而疯狂。"
而我说：
"人生的滋味只有疯狂的人懂。"

我们好像也需要为了内心真正渴望的幸福而疯狂一次，不断

Chapter 1　好像有人在问我是否安好

地去思考,去寻找。这件事其他人无法替代,只能由我们自己去完成。

或许这是一项需要用一生去完成的作业,也许我们没办法马上找到真正喜欢的事情,也许它会不断变化,但旅行的美妙不仅仅在于按照计划如期进行,有时反而存在于磕磕碰碰或者偏离原计划的过程中。幸福也是如此,它藏匿于漫长人生路途中各种意想不到的角落,只要笑着认真面对生活,我们的人生一定会充满欢声笑语。

连我都不知道自己想要什么的时候

治愈伤口的适当距离

内心伤痕越多的人，表面上看起来往往越活泼开朗。他们细腻敏感，也会比其他人更加努力地让自己看起来若无其事。因为不想将内心的伤口暴露出来，所以他们会把伤口牢牢地藏在心里。有的时候，因为藏得太深，如果不是有意去提，就连他们自己也会忘记曾有这样一个伤口。

但是，把伤口藏起来不代表它能够自己愈合，即使表面上看不出什么，它也会不经意间从心底冒出来。也许在很平常的某一天，就会因为藏在内心许久、久到已经忘记了的伤口而流泪，比如，有人突然关怀你，问一句"你还好吗？"的时候。

有很多人都是没能及时治愈伤口就强撑着生活下去的。多么希望这是一个美好到没有人会受到伤害的世界，可现实往往事与愿违。我们在生活中会受无数次伤，有时候它们会随着时间慢慢地自我愈合，有时却久久地在内心深处留下疤痕。有没有一种可以治愈这种伤口的方法呢？一种让它能够完全愈合，不留下任何

Chapter 1　好像有人在问我是否安好

伤痕的方法。

有时候我们会因为周围人的一句无心之言受到伤害，那些在别人眼中可能是无关痛痒的话，一旦刻在心底反复挥之不去的话，久而久之就会成为一道伤口。反之，我们也可能因为自己的一些无心之举给别人带来伤害。不断在伤痛中彷徨受挫的我们会感到委屈或愤怒，会因为对方的无心之举而受到伤害，但这就是我们的生活。

从一位一起共事过的公司前辈那里听过这样一句话："在这个领域里，承焕他是个行家。"

一开始觉得这句话是对我的赞许，后来发现合作其他项目的时候这位前辈也一直这么评价自己。我并不觉得高兴，也许他说这句话时并没有其他的意思，但我却一直将这句话记在心里。这句话让我觉得自己只擅长这个领域，其他方面的能力有所欠缺。

平时和那位前辈的接触不是很多，因此关系也说不上有多么亲近，有可能是我自己把那句话的意思曲解了。在此我想表达的是，不管关系亲近与否，我们都需要注意自己的言行，与他人保持一个合理的距离。因为当这种距离被冒犯的时候，可能会造成对本意的误解。

很多人都说不喜欢人和人之间的那种距离感，但我

连我都不知道自己想要什么的时候

　　认为，人与人之间维持适当的距离是必要的。每个人都需要拥有一个只属于自己的世界，而且，因距离产生的留白反而会让彼此更加牵挂对方。为了不受约束而进行约束，越是亲密的关系就越需要维持适当的思念距离。我们需要足够的智慧把握距离，这个距离既不会因过于亲近而给对方造成伤害，又能够让双方感受到彼此的存在。我将树木为能够笔直向上生长而需要的间距称之为"思念的距离"，这是一种能够感受彼此的体温，但绝不会冒犯到彼此，从而会相互思念的距离。

　　以上是作家禹钟英的作品《我想像树一样活着》中的一段文字。每当受到伤害或给别人造成伤害的时候，我都会边翻阅这本书，边思考如何把握距离的尺度。

　　人类学家爱德华·霍尔将人与人之间的距离用"私人空间"（Personal Space）这一概念进行说明。所有个体都需要在自己周围维持一定的空间，当其他个体进入这一空间时，人就会感到紧张不安。与家人维持20厘米的距离，与朋友维持46厘米的距离，与职场同事维持1.2米的距离时，人会比较有安全感。私人空间不仅仅包括物理上的距离，也包括精神上的距离。不管多么亲密的关系，都需要维持一定的距离，不能因为是亲近的人就随意侵犯这个安全距离。

Chapter 1　好像有人在问我是否安好

我们每个人都拥有自己的世界，即使有再喜欢、再信任的人，我们偶尔也需要好好照料一下那个只属于自己的小世界。就像花花草草想要茁壮成长就需要维持一定的间距，人与人之间也需要维持思念的距离。我们之所以会越来越喜欢对方、珍惜对方，是因为我们互相尊重，一起在呵护这段安全距离。

刚刚提及的作家禹钟英的作品传达的就是这一思想。和书名相符，这部作品记载了许多作者通过观察树和人而写的文章。其实作者本身的人生历程非常坎坷，因为患有色盲而不得不放弃成为天文学家的梦想，并在此后很长一段时间陷入迷茫。在因长期困于绝望而最终选择去山顶终结自己的生命之际，他看到了即使是在极端恶劣的天气下也依旧屹立不倒的大树，从而得到了救赎。也许正因为是以作者曾经的伤痛为灵感创作的作品，所以更能够打动读者的内心。

这些真诚的文章可以安慰在生活中受到伤害或折磨的疲惫不堪的心灵。

就算从未有过的巨大悲伤阻挡了前方的道路，也务必不要受到惊吓。你要相信生活不会抛弃你，它会牢牢握住你的手，所以请你也一定紧紧握住它的手。

连我都不知道自己想要什么的时候

这是德国诗人赖内·马利亚·里尔克在《致一位青年诗人的信》中所写的一部分内容。这本书中收集了里尔克写给后辈卡卜斯的信，信中记载了许多作者对写作和生活的独到见解。读这本书时，仿佛里尔克就在我们身边亲口讲述着书里面的那些内容，告诉我们，在这漫长的人生旅途中，曾经受过的伤都是短暂的，那些伤口很快就会愈合。

我们都希望身边能够有一直支持自己、信任自己的人，如果没有，那么请时刻鼓励自己。你也是一个值得去爱、值得被爱的人。请相信我们此刻受的伤与痛总有一天会过去，至少要明白，我们的人生一直都是自己默默支撑着。我想在此和大家分享诗人金钟三的《渔夫》，我感觉这首诗很好地体现了上述内容表达的思想：

栓在海边的小小渔船

每天随着海浪摇晃

虽然偶尔也有被浪潮掀翻的时候

但还是等待着一个阳光灿烂的日子

划桨出海

成为海明威作品中的

《老人与海》

Chapter 1　好像有人在问我是否安好

自己支撑自己走过来的奇迹
会成为继续生活下去的奇迹
活这一世
会感受许多欢喜

对自己的要求太过严苛的时候，我们也会伤害自己。虽然已经做得足够好了，但如果我们自我评价过低或是在他人面前过度放低姿态的话，也会给自己带来很大的伤害。明明珍惜自己都来不及，却要一直不断地否定自己。

不要轻易对自己进行评判，每一次评判给自己带来的只有伤痛。

这是作家保罗·科埃略在著作《奇妙瞬间》中写的一句话。要时刻注意，不要轻易地去评判自己，让自己受到伤害。不仅对自身是如此，我们也要时刻注意不能随意去评判别人，尤其是家人、朋友、恋人等。越亲密的关系就越需要注意分寸，不能因为是亲近的人就随便地评判别人，从而让他们受到伤害。

可能这些也只是一些理所当然的话，生活中的我们需要的不是互相伤害的人际关系，而是互相鼓励、彼此传递爱的关系。如

连我都不知道自己想要什么的时候

果能够彼此互相安慰，就算遇到困难，我们也不再是一个人默默地承受伤害，而是可以通过这种温暖和平的关系治愈伤口，让生活变得更美好。

关于伤口的话题我想就到此为止吧，不过，我想在结束之前，将《致一位青年诗人的信》中的另一段话分享给各位读者。我想对大家说，不要害怕受伤，即使受到了伤害，也希望我们都能够通过自省来慢慢地抚平伤痕。

所以如果可以的话，我想向您提出这样的请求：当遇到毫无头绪的事情时，也请拥有足够的耐心去对待，把它们当作一个大门紧闭的房间或是一本晦涩难懂的书一样努力尝试着理解。

不要急着去寻找解决方案，无论怎样努力挣扎都不会得到结果的，因为我们还没有亲身经历这些问题的答案。所以，人生中的一切事物都重在体验。希望从现在开始，对于那些感到好奇的事情，你都能够亲身去体会。相信未来的某一天，你会明白自己已经在生活中的某一个瞬间找到了问题的答案。

Chapter 1　好像有人在问我是否安好

孤独的各种形态

随着深冬的到来，不知从何而来的寂寞感也愈来愈强烈。望着曾经郁郁葱葱的绿叶逐渐凋零，最后只剩下光秃秃的枝干时，就会感到全身无力。是天气太过寒冷总是缩着身子的缘故吗？总觉得人与人的距离拉得更远了。也许是因为这样，一到冬天，在寒冷的气氛烘托下更容易感到孤独。

不知道从何时开始，总觉得不会有谁会长时间停留在自己身边，内心就像是翻开没看几页又合上的书一样蒙尘已久。我想可能是独生子女的缘故，所以更容易感到孤独吧。以前的我会主动到别人面前表达自己的真诚和善意，后来却发现，有些人对过于坦诚交心的人际关系感到很有负担，也曾有过与关系亲近的人发生矛盾的经历。这意味着我的行为并不总是正确的，每个人的价值观和思想观念都不同，有时会产生误会和分歧。曾经亲密无间现在却丝毫不联系的人，或是回忆起来只有一个模糊身影的人，每次想起这些人都会感慨万千，有时甚至会怀疑是自己的问题。

连我都不知道自己想要什么的时候

所以无论和谁，最终的关系都会渐渐变得疏远吗？

我想应该不止我自己有过这种感受。深夜里独自一人的时候，对关系很好的人突然感到疏远的时候，觉得自己有些不合群的时候，或者感到疲惫不堪却无人可以依靠的时候，我们都会觉得无比孤独无助。不知道是否因为诱发的因素太多，我们才会时时刻刻都觉得孤独。

不知道你有没有听过这么一句话——如果此刻的你感到孤独，那么战胜它的唯一方法就是让自己变得更加孤独。诗人许秀京的作品《走过没有你的路》中对深深的孤独感做过如下描写：

> 我是一个独自行走在这个城市中的异乡人，也曾觉得自己是一个没有肉体的幽灵……我的家乡在飞机飞行十小时才能到达的地方，除了默默忍受孤独和陌生感之外，我别无选择。走着走着，直到有一天，一切都变得熟悉。

从文字中能够感受到，一位诗人在异国他乡对故乡的思念。读这段话时我也想起了自己，这种感受多多少少能够安慰我。诗人白石在诗作《有一堵白色的风墙》中曾写道：

Chapter 1　好像有人在问我是否安好

上天创造出这个世界的时候，就定义了所有最珍贵的事物
都是最难能可贵、最孤绝高冷、最遥不可及的，并让它们永远生活在爱与悲伤中
就像新月、八爪兰、鸟儿和驴子一样
又像弗朗西斯·雅姆、陶渊明、赖内·马利亚·里尔克一样

诗人称所有受上天宠爱的事物都是"最难能可贵、最孤绝高冷、最遥不可及的"，并"永远生活在爱与悲伤中"，是想要表达世界上没有人可以避免感受到孤独。不仅是独自一人的时候，即使是和许多人在一起时，孤独也会悄然来临。当找不到归属感，或者因找不到共同话题而感觉被疏离在外时，我们就会觉得寂寞。

如今的我们通过互联网和智能手机可以二十四小时不间断地与别人取得联系，一天中会和许多人进行人际交流。社交平台上的好友可以多达数百名、数千名甚至数万名，但真正能够见面谈话的好友的数量却变得越来越少。"近邻"这个词语现在也早已变成只能在字典中查阅到的单词。

那么，我们要如何克服这种孤独感呢？分享一下我个人的方

连我都不知道自己想要什么的时候

法,那就是孤独的时候去读书。阅读虽然没办法根除内心的孤独感,但至少可以让我们在书中找到寄托,让自己觉得现在的所想所感别人也会有。人的一生其实摆脱不了孤独,它会一直伴随着我们,这种想法某种程度上也会给我带来一点慰藉。在这里想和大家分享一首诗,诗人郑浩承的《致水仙花》:

> 不要哭泣
> 人都会感到孤独
> 所谓活着就是要忍受孤独
> 别白白等不会打来的电话
> 下雪天就去踩雪吧
> 下雨天就去踩水吧
> 芦苇丛中,胸脯黑黝黝的鹬鸟也在望着你
> 上帝偶尔也会因孤独流泪
> 鸟儿停在树枝上是因为孤独
> 你坐在河边也是因为孤独
> 就连山的影子也是因为孤独
> 才会每天出现在山脚的村庄
> 钟声也是因孤独才响彻山谷

不仅是人,就连钟声、影子、动物,甚至是山都会感到孤

Chapter 1　好像有人在问我是否安好

独，作者写下的诗句给我带来了莫大的安慰。为了忍受孤独，不一定非要去做特别的事情。作者想表达的是，每个人面临的孤独各不相同，想要安慰别人的话，更重要的是倾听和理解。

孤独的表现形态多种多样，孰重孰轻无法比较。一百个人就会有一百种孤独，每个人都必须独自承受属于自己的那份，没有人能够轻易理解别人的孤独。当清楚地意识到这一点的时候，我们才不会轻率地说几句鼓励的话，而是在经过深思熟虑后小心翼翼地传达我们的关心。

> 忍受孤独，
> 对于每个人来说都是件不易的事。
> 是世上任何一个人都没能解决的问题。
> 由衷希望，
> 能够一起分担你的孤独，
> 哪怕只是帮你减轻一点点重量。
>
> 陷入无底深渊，
> 感觉自己被遗弃的时候，
> 在这个世界的某个角落，
> 一定会有人像你一样孤独。

连我都不知道自己想要什么的时候

不，希望你一直记得，
其实每个人都一样孤独。

因此，面对孤独，
希望你能够坚持下去。
也许这才是我们能做到的
唯一一种安慰方式。

不留遗憾的爱

当时不理解此旋律想要表达的意义，它就像是一封迟到的来信。像手中的火车票已经错过了发车时间，只有看到山后火车站里的列车发车时刻表才醒悟过来一样，我们总是在错过某些事情之后才明白其中的意义，然而等真正醒悟的时候为时已晚。

记得有人说过，初恋最终无法成真。我想，大部分读者都有过相爱和离别的经历，每每回想的时候都会后悔曾经犯下的错，想要让时间倒流，回到过去。上述引用的是作家金妍秀在《无论你是谁，无论有多孤单》中对后悔的情感进行的淋漓尽致的描写。

有时候会突然对过去的一件事感到后悔，那些遗憾的瞬间一直在脑海中不断闪回。在持续的懊悔中，这种情绪还会影响当下的心情，导致一件后悔的事情又造成另一件后悔的事情，如此不

连我都不知道自己想要什么的时候

断重复。如此一想，人生好像总是有或多或少的遗憾让我们负重前行。

然而并不是所有后悔都是负面的，有些后悔会让我们反省自己的错误，帮助我们在日后做出更理想的判断和抉择。我们要如何让自己尽量避免一些负面的后悔产生呢？

这是曾发生在西村一家咖啡馆里的事情。当时我正和朋友聊天，突然看到朋友的视线投向我身后的某一处。我好奇地转过头去看，发现Y某正好站在身后。就这样，久未见面的Y某也加入了我们的谈话。

"最近过得如何？看起来气色很不错呢。"

"是吗？我过得确实还不错。"

"自从上次分手后，其实我多多少少有些后悔。"

十年前，当时还是女友的Y某突然对我提出分手，之后不久便去美国留学了。我曾尝试过挽回，也想听听分手的理由，但得到的只有被分手的决定。时间流逝，现在又偶然见到了Y某，听对方说对之前的决定感到后悔时，我的心境非常平和，并不觉得有多伤感，也并不觉得遗憾，更不会感到愤怒。

"当时的我太不成熟了，对不起。"

"没关系。不用感到太抱歉，也不要觉得后悔，我从来不后悔和你在一起过，那时的我也尽力了。"

Chapter 1　好像有人在问我是否安好

虽然Y某还是感到有些懊悔，但我的情绪却没有一点起伏。因为就像对Y某讲的那样，那时的我真的尽力了。当然，我也有过留有遗憾的感情经历，仗着自己是被爱的一方而没有好好珍惜眼前的人。在意识到自己的错误并为此感到惋惜之后，我下定决心，告诫自己要时刻珍惜身边的人，不要再留下任何遗憾。

无法满足于现状的时候，我们往往会感到后悔。就拿爱情举例，忽视眼前的人或是轻慢对待别人的感情对对方而言都是一种不尊重，最终也会让自己受到伤害。精神分析学家及社会心理学家埃里希·弗罗姆曾在《爱的艺术》中写道：

> 集中精神是指忠于眼前、活在当下，将全部注意力集中于做某一件事，而不是分心去考虑接下来要做什么。毋庸置疑的是，相爱的双方都需要把精力投入这段感情中，不能习惯性地逃避，而是要互相学习如何经营这段缘分。

相爱并不是简简单单地一起见面吃饭、拍照，效仿热恋情侣的约会方式。真正的恋爱需要注视着对方的眼睛，真诚地聆听对方所说的话，通过交流彼此的日常生活来促进感情。着眼于当下的忠告不仅适用于爱情话题，也适用于当我们拥有某个梦想时，

连我都不知道自己想要什么的时候

或者说它适用于人生的所有阶段。

有位哲学家，虽然他自己作为穷困潦倒的工人一生漂泊不定，但给后人留下了许多研究社会学和人类学的著作。他就是埃里克·霍弗，他曾在《路上的哲学家》中如此写道：

> 我要站到连接着城市与城市的道路上，每个城市都让我感到新鲜而陌生，每个城市都主张自己才是最好的，让我把握住宝贵的机会。我一定不会错过任何一次机会，也绝对不会后悔自己做出的决定。

埃里克·霍弗从小就失去了双亲，一直到十五岁才从失明的状态恢复健康。即使有视觉障碍，他仍坚持读书、辛勤劳动，活得比任何人都努力。因为努力抓住了摆在眼前的每一次机会，霍弗最终成为著名的思想家，甚至获得了总统自由勋章。假如霍弗向生活妥协，每天沉浸于懊悔中的话，他还会有这番成就吗？

不能过度沉浸于后悔的情绪中，在意识到自己的错误后及时反省改正才是正确的生活态度。每次反省自己的错误时，我都会想起克尔凯郭尔说过的话：

> 虽然回头看的时候才能理解人生的真谛，但只有向前看的时候才会有存在的意义。

确实是这样。人都有犯错的时候，所以谁都会有感到后悔的时候。但一直困于后悔的情绪，只会让当下变成另一个后悔的瞬间。

不要放任自己的生活一直深陷在懊恼中，将它转化为反省自己、努力充实现在的力量时，我们就会变得越来越强大。

连我都不知道自己想要什么的时候

憎恨和愤怒给予我力量

在日常生活中被他人冷漠尖锐的言语刺到的时候,或者曾经信任的人背叛我们的时候,内心都会感到非常憎恨和愤怒。

每个人都会有憎恨一个人或生某人气的情况。这种情绪在大多数情况下会随着时间慢慢消散,但有些时候却愈演愈烈,积压已久的怒火最终会喷发出来。到底为什么会产生憎恨或愤怒的情绪,有没有什么方法能够很好地调节这种负面情绪呢?

让人生出憎恨或愤怒情绪的原因有很多。以往内心产生这种负面情绪时,总是会想究竟为什么会在我身上发生这种事,觉得世间所有的不幸都落到了自己身上,因而感到委屈不已。直到有一天读到了某本小说中的一段文字后,我的心境才变得豁达了一些:

> 在这个世界上,幸福的模样大体相似,但不幸却各不相同。每个人都肩负着只属于自己的痛苦,不论是

Chapter 1 好像有人在问我是否安好

穷人还是富人。所以不要觉得自己就是那个特别不幸的人，如果真觉得只有自己如此痛苦，我只能说认同这个想法的那个你才是真正不幸的。

这段文字出于浅田次郎的小说《去往巴黎》。第一次接触他的作品是因为观看日本电影《铁道员》和韩国电影《白兰》。这两部电影都是浅田次郎小说的改编作品，形象地表现了人生的魅力正在于不幸和希望的交织。

我非常喜欢浅田次郎具有多种色彩的作品风格，文中既有给人带来深深浅浅感动的语句，又有揭露社会和人性黑暗的犀利文字。我想他之所以能写出各种文风的作品，和他本人从家境富裕到家道中落的变故后经历的彷徨黑暗和体会到的世间冷暖有关。

再次回顾《去往巴黎》中的内容，前面的文字好像深受列夫·托尔斯泰的名著《安娜·卡列尼娜》中第一段的影响，即"幸福的家庭都是相似的，不幸的家庭却各有各的不幸"这一句。正如浅田次郎和列夫·托尔斯泰所说的那样，不论不幸还是痛苦，或者对某个人产生的憎恨或愤怒，都不是只有特定一个人才存在的情况。不知为何，我从这段话中得到了一丝安慰，就像前面所说的，把自己想象成最不幸的人才是真正的不幸。

有的时候明明不是自己的责任，但还是需要为别人的失误或

连我都不知道自己想要什么的时候

错误负责，换作是谁都会感到愤怒吧？反过来，也会有因为自己的失误连累别人或者因为琐碎的事情和别人产生矛盾而感到内疚的时候。这时，我就会通过多读前面的文章来安抚自己的情绪，让自己有足够的时间和余力冷静地思考。

现实生活中，这种情况不计其数，问题是我们一味地认为这种憎恨和愤怒都是负面情绪，所以必须要压在心底尽快消灭。其实真的没有必要这样，因为这是人类自然会有的情绪反应。虽然的确不应该长期陷在负面情绪中，但强制积压在心里的做法也是不对的。到底要如何处理这种情绪呢？诗人朴延俊给我们提出了这样的建议：

> 即使不是大病，只要身上有一个痛处，我们的全部注意力都会集中在那个痛点上……痛苦不是要我们去战胜它，而是要用足够的智慧去承受它，并好好与之告别。

这段文字是从作品《喧嚣》中节选的一部分。虽然诗人讲述的是关于痛苦的解决方法，但处理憎恨或愤怒的方法也与之大同小异。

强制战胜或消除的方法往往会产生反作用，可能会造成心理创伤或心理阴影。虽然当时可能认为没什么关系，但也许某一天这种情绪就会再度袭来折磨你。

不是所有负面情绪都要强压在心底，发泄出来也没有什么问题。生气的时候就要宣泄出来，但之后就要冷静下来自省，这一切都是很好的锻炼历程。夏季台风过境的时候，虽然会造成灾害，但是它也有帮助缓解酷暑的高温，有效地减轻大气、海洋、土壤污染的积极作用。厌恶和愤怒的情感也是如此，只要不是过于偏激，一定程度上也是有利于身心健康的。

从社会层面来讲，憎恨和愤怒的情感也有一定的正面功能。当社会缺乏正义的时候，如位高权重的人物不够清正廉洁但也没有受到相应的惩治时，我们自然会感到愤怒，想要去改善不良风气。如果这时候没有一个人站出来抗争的话会是什么样的局面呢？那样社会正义应该无论如何都是无法实现的。

被称为"至圣先师"的孔子也曾主张要正确对待憎恨和愤怒的情感。《论语》中的《阳货》和《宪问》篇中都有相关的典故记载。弟子子贡问孔子："君子亦有恶乎？"孔子回答说当然有。随后又有人问孔子："以德报怨，何如？"孔子正色直言："何以报德？以直报怨，以德报德。"

人类真的是种很脆弱的存在。理智明明告诉我们都是些不要紧的事，但情感上仍然会被痛苦折磨。之所以很难处理憎恨和愤怒的情感，是因为我们很容易被这种情绪左右，也经常会感到疲

连我都不知道自己想要什么的时候

悫无力甚至自责。

但我想说的是，厌恶和愤怒是每个人都会有的情感，只不过需要我们明智地去面对。

在运营"读书的男人"博客时，我曾收到一位名叫崔静恩的读者来信。在这里我想和大家分享一下她的故事，希望能多少安慰一下那些尚处于负面情绪中的人。

> 如果觉得思绪纷乱
> 身边也没有人能够给予力量而感到难过时
> 请不要忘记大家偶尔都会有这种经历的事实
>
> 亲密的朋友也无法理解你
> 就连家人也会让你伤心的时候
> 请不要忘记他们深爱着你的事实
>
> 每一条巷子里的每一个人
> 在这个荒凉无情的世界
> 如果有人花费宝贵的时间
> 来问候你
> 请不要忘记
> 光是这一点就足以证明

Chapter 1　好像有人在问我是否安好

你是幸运儿的事实

那些每天奔波于生计的人
愿意抛下内心的混乱和苦楚
去关心你
这是多么温暖的一件事

即使每个夜晚送给你的只有忧郁
世上的所有音乐都只会让你悲伤
即使会因为不敢给予信任而落泪
即使会有担忧的事情在心中牵挂
就连云朵也会因为不相信太阳而下雨
请你相信
会有一个人正在为你写下一段段文字
试图去安慰被忧郁笼罩的你

愿你不要伤心，不要难过
风偶尔也会感到寂寞
向日葵偶尔也会疲于追赶太阳
鲑鱼偶尔也会对自己的去向感到迷茫
从而晕倒在逆流而上的瀑布中

连我都不知道自己想要什么的时候

愿现在的你
不要因为承受挫折而独自哭泣

请务必相信
你是拥有许多爱的
因为爱而来到这个世上的
爱的化身

伟大的执着

我曾有一个准备已久的项目，可发现花费的时间越长，就越无法按计划顺利进行，无论耗费多少精力都没有好转的迹象。虽然早已预料到会失败，但心里始终无法说服自己接受这个结果。在我钻牛角尖并最终让自己身心俱疲时，村上春树的作品《挪威的森林》治愈了我，让我放下了心里沉重的包袱。

> 承认能够让人放下心中的执着。承认那个人不属于自己，承认那个物品不属于自己，承认那笔钱不属于自己，承认那种才能不属于自己。可当我承认了这一切之后，我感到释然的同时，又感到无尽的难过。

生活中的我们会对许多事物产生执念，你也许会像我一样，明知会失败，但依然放不下。如果所有事情都是付出多少努力和真心就能够得到多少回报该多好，无论是想得到的人心、想要的物品，还是想拥有的才能。但现实往往是残酷的，过于执着并不会带来好的结果，因此也要学会放下心中的执念。我明白说起来容易做起来难，就连村上春树都说，承认可以放下执着，但也会感到无尽的悲伤。

执着到底是什么呢？词典中释义为"总把心思集中到某件事上，无法忘记"。现实中，大多数人都无法完全放下心中的执念，因为没有人可以无欲无求地活着。古代圣人老子在《道德经》中提到"无私而成其私"，即"弃之而得之"。可我明白，普通人很难达到这种境界。作家孔智英在《孔智英的修道院记事》中对放下执着的难题做了如下描述：

> 放下才能得到。可就算明白这个道理，也很难做到说放下就放下。因为害怕放下之后会一无所有，对未知的恐惧会让我们执着于眼前的事物。

这段文字恰好写出了大多数人的心声。其实，大家理性上都很清楚地知道，放下执着才能让内心得到解脱，但执着却和我们的生活有着密不可分的联系。就如同弗洛伊德说的一样，"凡是被压抑的都会卷土重来"，执着显然不是说放下就能够做到的。有时候确实会因为错误的执着连累自己和他人，但有些执着也

Chapter 1　好像有人在问我是否安好

会给我们带来积极影响,就像对知识的渴望和对艺术或科学的执着,最终也造就了许多伟大成果。

因此,执着的方向很重要。在正确的道路上坚持自己的选择,对一个独立个体的人生,对整个社会、国家乃至全人类都是有益的。例如,列奥纳多·达·芬奇的《蒙娜丽莎》、米开朗基罗的《创世记》、波提切利的《维纳斯的诞生》等杰作都是文艺复兴时期天才艺术家们的光辉艺术成果,同时也是正确执着所造就的优秀产物。正是那些别人曾予以嘲笑的执着和专注,成就了人类历史上的杰出作品。我想对他们而言,执着应该不是痛苦,而是喜悦。

> 如果世人知道我为了创作付出了多少努力和汗水的话,那么他们就不会觉得我的作品有多么了不起了。

世人眼中的天才米开朗基罗就对艺术有着非常人可比的执着和热情。正如他自己所说的,他为了艺术创作付出了无数努力和汗水。每当欣赏他的《圣母怜子像》《大卫》等雕塑作品时,我总会为他的高超技艺感叹,从表情到衣服上褶皱的处理手法,都细致到无法相信这些都是由石头一点点雕刻出来的。还有那历时四年、在西斯廷教堂天顶上创作的壁画更是令人叹为观止。虽然为了这些艺术创作,米开朗基罗后期一直被关节炎、肌肉痉挛、

045

眼疾等折磨着，但不得不承认，多亏了他对艺术的伟大执着，才使得我们能够在数百年后的今天欣赏到如此杰出的艺术作品。

所以没必要总是把执着看作坏事，它往往也会带来好结果。重要的是我们要坚持正确的方向，这需要我们培养判断是非的能力。我也在一直不断地学习放下连累自己和别人的错误的执着，为那些帮助自己成长的正确执着努力。

Chapter 1　好像有人在问我是否安好

要一起喝杯茶吗

偶尔会有抛下一切说走就走的冲动,也会有躲起来什么事都不想过问的时候。我们时常会因各种琐事忙得晕头转向,也会因为要处理的事堆积如山而感到不堪重负。有些人会追求"慢生活"或"YOLO"[①]的生活理念,也有一部分人会通过冥想或运动来释放压力。尽管会尝试各种方法给自己放松减压,但这似乎并不是一件容易的事。

当类似所有棘手的事情同时赶在一起等事件发生,需要承受高强度压力的时候,我都会先喝一杯茶。在这一盏茶的时间,我可以暂时放空自己,安抚躁动不安的内心。我享受每喝进一口热茶就会有热气注入全身的感觉。与此同时,萦绕在周围的淡淡茶香也会改变我思绪万千的心境,使其渐渐沉静下来,进而为我拨开迷雾,找到解决问题的线索。

---

① "You Only Live Once"的缩略语,意为你只能活一次,是鼓励人们及时行乐、享受人生的一种理念。

连我都不知道自己想要什么的时候

我觉得喝茶与喝咖啡或其他饮品有着本质上的区别。喝茶有种能够让我短暂地从世界的喧嚣中抽离出来，沉浸在自我世界中的魅力。不知是否是这个原因，历史上的许多伟人都钟爱品茶，尤其是拿破仑，据说他唯一的兴趣爱好就是品茶。即使每天除了四个小时的睡眠外其余时间无时无刻不在为征服欧洲的梦想而奋斗，但品茶的这一小段时间里，我想他的心情应该是放松的。

无论心情平静与否，品茶的时光总是能够让人安定下来，有一种能让人们敞开心扉面对面交谈的力量。就像诗人金素妍在《心灵词典》中表述的一样：

> 只有被晒得充分干燥的茶叶才会在热水冲下的那一瞬间散发出浓郁的茶香一样，人的心灵与心灵相通的时刻也是相同的。为了能散发香气，我总是需要如同热水般温暖的你。

当我阅读到把心灵比喻为茶香的这篇文章时，总会有一种被一盏热茶温暖全身的感觉。我们的身边需要一杯热水般的人存在，他可以是家人，可以是朋友，也可以是我们自己。当感觉这个世界像冰冷的冬天一样的时候，如果能与这样的人，一边分享热茶，一边舒心地谈天说地的话，被冰冻的心也许会稍微融化一些吧。

Chapter 1　好像有人在问我是否安好

人生的幸福并没有什么特别之处，像这样享受一盏茶带来的愉悦，进而与喜欢的人一起共同度过美好时光的生活就是幸福最真实的模样。有一本专门研究与人品茶交谈的社会意义的书，就是人类学家金贤京写的《人，场所，款待》。

> 款待是指为他人提供一个位置或者承认他的地位，帮助他更好地扮演"人"的角色。成为"人"的必要条件就是在社会中有一个立足的身份地位，除此之外无需其他。想要扮演好"人"的角色，就需要一些最基本的舞台装置和道具。比如能够招待别人的空间，可以替换的服饰，买茶具和茶叶的钱等。因此，款待必然包括资源的再分配。

正如这本书中提到的，人的尊严会在互相款待的时候体现得淋漓尽致，这时，它也就不再是单单记录在法典中的概念性或抽象性的文字了。如果所有人都要维持尊严的话，那么不仅要保障基本的衣食住行，还需保障所有人都能够购买茶壶并邀请他人一起喝茶。只有创造了既可以受人款待也能够款待别人的社会时，我们才可以谈论人类的尊严这个话题。

现在让我们的话题重新回到《心灵词典》中的故事。诗人金

连我都不知道自己想要什么的时候

素妍为了创作这本书收集了上百句谚语、俗语。如果将那些有着细微差别的谚语、俗语都包含在内的话，可以多达上千句。通过这次的素材收集，作者自己都感到惊讶，居然会有这么多表述心灵的句子。我在阅读这本书的时候就在想，每个人都可以尝试编写一下属于自己的心灵词典，其中应该也会包含疲惫和孤独的心情。可以边品着热茶，边整理自己的心灵词典，以此来稳固自己的内心。

越是忙碌得无暇顾及内心状态的时候，就越有必要进行这种心灵训练。虽然有时候确实会很忙碌，但如果每天都很忙碌的话就有问题了，有可能是将过多的注意力浪费在了不必要的事情上。心灵训练中的有效方法之一就是不要将注意力集中在毫无意义的事情上，就像马克·曼森在《重塑幸福》中提倡的一样。

> 逃避问题或是假装若无其事会让自己变得不幸，一直想着未能解决的事情也会变得不幸。重要的不是让自己置身事外，而是要尝试着解决问题。想要变得幸福，就必须解决某些问题。因此，幸福是一种行动和活动，而不是什么都不做就能够得到的。

曼森建议我们，要想过得舒心幸福，就要减少不必要的担忧，把更多的心思放在必要的事情上。如果不必要的忧虑占用了

Chapter 1　好像有人在问我是否安好

太多时间，那我们就没有多余的精力集中在必要的事情上。如果长期对必要的担忧视而不见的话，它就会像滚雪球一样越滚越大，最终还是会滚向我们自身。这本书不是在告诉我们要关注每一件事，而是在提醒我们一定要把心思集中在必要的事情上。

我也曾在《努力练习幸福》中提到过相似的内容。幸福不会不请自来，它也需要通过系统的练习和实践去争取。要想拥有幸福的家庭，就需要关心和爱；要想修补出现裂痕的友谊，就需要化解误会和矛盾。我们想要得到幸福，就不应该解决不必要的事情或者逃避要面对的问题，而是应该积极主动地去行动。

我在文章的开头也提到过有些时候想要抛下生活中的一切一走了之的话题。品茶的时间，换一种说法其实就是给自己一个认清人生中最需要的东西是什么的时间。如果把时间浪费在不重要的事情上，从而错过了解决核心问题的时机或选择回避的话，是绝对无法获得幸福的。

那么，我们应该如何区分哪些是不重要的事情，哪些又是重要的事情呢？心理治疗师克莉司德·布提可南在《多向思考者》中提到，如果我们想生活得舒心幸福，首先要做到的就是照顾自己，爱护自己。

> 学会自爱才是首要的事情。维护尊严最核心的一点就在于爱护自己。自爱是自尊心最本质的基础。人会通

过对自我的爱护经受住人生的全部考验。

如果用不属于自己的问题来困扰自己，或者过于担心不重要的事情，无法将精力集中在重要的问题上，我们的生活就会变得不幸。请关照和爱护住在内心的小孩，这样我们才能经受住所有考验。人生幸福还是不幸，最终都是由我们自己的内心决定的。

愿意和我一起喝杯茶吗？
想给你那被寒冷的世界冰封的心
用心地泡上一杯温热的茶，

虽然无法赶走所有的担忧，
但愿你可以从一盏茶中获得小小的幸福。
希望之后的你可以重获信心，
勇敢地向前走下去。

Chapter 1　好像有人在问我是否安好

为你的故事沉醉的夜晚

　　这是一个突然想喝杯酒的夜晚。也许是因为想要将萦绕在心中已久的烦闷清洗掉，也许是因为听着淅淅沥沥的雨声，也许是因为被染红天际的晚霞吸引，或者只是因为幸福快乐，因为内心感到悲伤或空虚，再或者，只是单纯想喝一杯而已。

　　身边没有知心人，只有以酒为伴的日子里，酒会静静地流向我内心深处，安抚栖息在那里的灵魂。让我们跟跟跄跄的酒，有时却能纠正我们跟跟跄跄的生活，这听起来很像一个悖论。那些彷徨迷茫的年轻岁月里，我曾借着一首诗和一杯酒失声痛哭，也曾得到许多安慰：

　　　　不要哭泣
　　　　大家都是如此生活

　　　　每个夜晚都在辗转反侧中迎接次日的清晨

连我都不知道自己想要什么的时候

然后心中怀揣着荒唐的希望
再一次迈出家门
会不会有人嫌外面天气寒冷
靠着还没有睡醒的借口
重新回到家中
活着是一件很不容易的事
一不留神就会弄得身心俱疲
就像打花牌时的手气一样
虽然偶尔也会有幸运的好日子
但那也只是短暂的一小段时光
不知道哪一天雨就会倾盆而下
也不知道有什么会在坍塌后被大雨冲走
但这个世界还是属于拥有梦想的人
就算只有荒唐的希冀
只要心中怀揣着希望和梦想
总归是件好事
对人生无念无想
是一件多么可悲的事啊
来，让我们喝一杯
朋友，让我们敬这个
诸事无法顺遂的世界吧

Chapter 1　好像有人在问我是否安好

　　以上是诗人白昌宇的诗作《都说是酒后之言了》。虽然其中有些文字比较过激，但大部分内容还是能够引起我的共鸣。以前的我以此诗为伴喝了很多次酒，也从中得到过许多安慰。每当把这首诗分享给周围的人的时候，我都会得到"今天要喝一杯酒"的回答。因此，读这首诗的时候就会觉我是在和别人分享自己的感受。大家都在某个地方度过不安的一天，虽然看起来有所不同，但都在经历相似的痛。这种想法和感受多多少少会让空虚的心得到安慰。虽然这个世界有许多不如意的事，但是如果能够有人一起喝酒，一起分享一首诗，就可以继续坚持下去。

　　不知道大家有没有特别钟爱的酒？个人而言，我最喜欢烧酒。相比于其他酒，它的价格更加优惠，并且可以随处买到，因此觉得更加亲切。不仅如此，不论在哪里都可以舒服地喝一杯，就连酒杯都是小巧的，所以也没有什么负担。与别人干杯后一饮而尽的那一刹那，全身舒畅的同时，莫名有一种和对面的人分享了彼此体温的感觉。然而比这些更重要的是，烧酒杯中承载着太多不同的回忆。举起小酒杯的一瞬间，透过杯中倒影浮现出的，是那些曾经相爱过的人欢笑的模样。

　　说到这，感觉听起来我就像是一个酒场老手，实际并不然。其实仔细一想的话，艺术家中爱喝酒的人不在少数。其中最具代

连我都不知道自己想要什么的时候

表性的是19世纪法国象征主义诗人波德莱尔。他因《恶之花》这部具有争议性的诗集,在当代乃至今日都负有盛名。他的代表诗作《高翔》中有一段诗句被收录在了1977年为探测宇宙而发射的"旅行者"号的黄金唱片中,至今仍在太空中旅行。

他的诗集被喻为记录世间所有痛苦的词典,读起来会让人觉得有些晦涩难懂。但他有一篇诗作深得我心,那就是《醉吧》。这首诗是波德莱尔逝世两年后出版的散文诗集《巴黎的忧郁》中的作品。在韩国有着超高人气的电视剧《未生》中,它通过主人公张克莱的内心旁白而被大众所知。

永远地醉吧!
这就是一切,这就是唯一的问题。
时间之神所施予的可怕重荷,压垮了你的肩膀,让你向地面弓下腰,想要挣脱就一直醉下去吧。
该醉于何物呢?
酒、诗,抑或是美德,只要是你心之所向,
那就沉醉其中吧。
如果在宫殿的阶梯上,
在小溪旁的绿草地上,
在那寂静孤寂的房间里,
你在醉意消减或退去后醒了过来,

Chapter 1 好像有人在问我是否安好

那就问问,

问微风、水波、繁星、鸟儿、时钟;问逃遁的一切、呻吟的一切、流逝的一切、歌唱的一切、说话的一切,现在是什么时辰?

微风、水波、繁星、鸟儿、时钟就会回答你:

"现在是应该醉去的时刻!如果不想做被时间折磨的奴隶,就醉吧,一直醉下去!无论是酒、诗,抑或是美德,只要是你心之所向。"

永远地沉醉不单单是指身体,正如诗人所说,不论是酒、诗,抑或是美德,只要是你心之所向的事物就好。波德莱尔追求的是突破人类肉身的极限,因此他以酒为媒介,去追求人类在精神上的高涨情绪。他不是要追求肉体上的舒适和安逸,而是呼吁人们要热烈追求能感知到的一切事物,就像微风、水波、繁星,流逝及歌唱的一切事物。

即使不能像波德莱尔那样,每个人也都能在适当饮酒时感受到快乐。在疲惫又一成不变的生活中稍微脱离出来的心情让我们变得更加坦诚,这个世界看起来也更加美好一些。相比之下,我更喜欢的是和一起喝酒的人聊天谈心、共度时光的幸福感。以这种喜悦之情写出来的诗作便是收录在《向自己致谢》中的《一杯酒》。

连我都不知道自己想要什么的时候

我说啊,
今天是应该喝一杯了。
虽然我们的人生就像蜉蝣般短暂,
但这转瞬即逝的一天都让我疲惫不堪。
不知你是否愿意听我的故事陪我喝一杯?

我说啊,
今天是应该大醉一场了。
陷入忙碌的世界中挣扎,
好不容易才站稳脚步。
与其拖着疲惫的身子摇摇晃晃,
我更想沉醉在世间的浪漫中。
不知你是否愿意倾听我的心声与我一起醉去?

我说啊,
今天是应该打动你的心了。
感到辛苦的应该不止我一个人吧。
我想望着你最真实的模样,
为你满上最真诚的一杯酒。
不知我的诚意你是否感受到了?

Chapter 1　好像有人在问我是否安好

今天确实应该喝一杯了。

如果现在的你正在经历一段艰辛的时光,我想给你递上一只酒杯。愿你可以将心中极致的孤独、难以承受的悲伤,以及刻骨的思念等情绪都盛进杯子里。当我们把彼此的人生装在酒杯里分享的时候,我们不是醉于酒,而是沉醉在了彼此的人生和故事里。

Chapter 2

当"加油"也无法给人安慰的时候

审视自己的时间

Chapter 2　当"加油"也无法给人安慰的时候

总是令人在意的季节

　　鼻尖触及凉丝丝的凌晨空气时，有没有突然感受到季节的存在？与某个季节的中间时段相比，在这个季节的末尾，我们的感受往往会更加清晰。从浸染大街小巷的春花色彩中，从尽情采摘的凉爽西瓜的清甜中，从凉爽的风送来的草虫的声音中，都能够感受到不知不觉来到我们身旁的季节的气息。

　　每当这时，我都会想起我们人生的季节。春、夏、秋、冬，然后再次轮转回春季。虽然人生不会像四季一样按顺序变化，但是不知不觉到来的新季节会唤起我们内心情感的温度变化。时而在温暖的心动中，时而在孤独冷漠的情感中，我们默默地度过了忙碌的生活。

　　你最喜欢什么季节呢？在春天或秋天，心情也会随着季节的变化而不同吗？

　　也许你会认为你的人生已经发生了很多事。

连我都不知道自己想要什么的时候

虽然现在还是盛夏,但你的心可能已经徘徊在了还没有经历过的秋天,也可能有一种在严冬的大街被放逐的感觉。大概也有一两个人看到过,为了忘记刺骨的寒冷而大笑或大喊的你。

也许你会认为有些事物太过频繁地发生变化,而有些事物到生命结束为止都不会改变。被这些想法束缚的你站在绝望的悬崖上俯瞰着纯洁而残忍的大海。

但是你可能会因为一个不能丢弃的东西,一边进行着深呼吸,一边不断地说服自己:稍微再往前走走吧,稍微再坚持一下吧。

作家黄京申的散文《晚上十一点》中的文章,将我们在生活中所经历的各种感情的变化比喻成了四季。平静地念出声的时候,不知不觉就会产生孤独且揪心的感觉。

我们在生活中会经历许多事情。就算做好了万全准备,也会随时发生超出预想的事情。对于意外发生的事,很多时候我们只能干笑着应付过去。虽然一开始会用这样或那样的方法来勉强应对,收拾残局,但是如果重复发生类似的事情,身心就会感到疲惫,逐渐变得麻木,就像冬季树叶凋零后只剩下树枝的灰色风景一样。

Chapter 2　当"加油"也无法给人安慰的时候

冬天其实并不是一个很受欢迎的季节，我也不喜欢冬天的寒气和寂寥感。由于是非常怕冷的体质，所以一整天都蜷缩着身体，总会莫名地感到憋闷。但冬天也是使人在意的季节，有一种与春天、夏天、秋天完全不同的独一无二的感觉。虽然不喜欢冬天的理由更多，但反过来想的话，那些属于冬天的细微优点会让人更加依恋，想要去珍惜。

冬天还有相比其他季节更胜一筹的优点。对于我来说，那就是工作结束后回到家泡一个热水澡。蜷缩了一天的僵硬的肌肉稍微放松的时候，一整天积攒下来的痛苦、悲伤、忧虑、孤独等不好的情感就会全部被冲走。天气越冷，想着下班后可以做的幸福的事，就越能充实地度过一天。

在我的人生中，最珍贵的某一天的记忆也属于凛冽的寒风袭来的冬季。那天，我和小区里的朋友一起喝酒，都不知道时间是怎么过去的，突然感觉手机振动了，这才意识到已经很晚了。手机上有几个未接电话，是妈妈打来的。

"妈妈，我快到家了，您先睡吧。"

话虽这么说，但电话一挂，我又接着和朋友们聊天了。大概过了三十分钟吧，妈妈又打来了电话。

"承焕啊，在哪里啊？不是说快到了吗？妈妈在外面等你呢。"

连我都不知道自己想要什么的时候

这么冷的天听到妈妈说在外面等我这种话,我突然生起气来。

"不是,妈。怎么在外面等我?今天多冷啊,你又不知道我什么时候回去。"

"不是说快到了吗?本来想挽着胳膊一起进去的,看来今天是要晚回来了吧?"

我不仅没有发火,反而因为妈妈亲切的声音感到抱歉和悲伤。感受到了冒着刺骨的寒风等待子女的心情,我马上和朋友们告辞回家了。就这样,到家的时候妈妈还在等我。看到在只开着电视的客厅里揉着困倦的眼睛迎接我的妈妈,我心头发热,上前紧紧地抱住了她。

在关于母亲的无数记忆中,为什么唯独那天的事情使我印象特别深刻呢?我在读一首诗的时候领悟到了原因。

亲爱的
如果没有冬天的存在
我们何以得到温暖的拥抱
我们的感情又何以变得更加深厚

如果经受不住在寒风中摇曳

Chapter 2　当"加油"也无法给人安慰的时候

花儿将如何盛开

又将如何散发出芬芳

而我又将如何期盼着你

如果没有风雪交加的冬夜

被寒风冰封住的心该如何化解

又该如何感谢暖化我冻僵的身体的温暖房间

而我又该如何去守护拯救自己的那道希望

啊,冬天即将来临

寒冷的冬天即将来临

令爱情摇曳的寒冬即将来临

这是诗人朴劳解所作的《冬日爱情》。在这首诗里,冬天象征着阴暗的时代,但这首诗对于我来说是一首非常优秀的爱情诗。"如果没有冬天的存在,我们何以得到温暖的拥抱",这句话表达了无论多么寒冷,我们都能分享彼此的体温,以及内心的爱和希望。正是因为在那寒冷的冬天,所以母亲温暖的真心才更加饱含深情。

那么,或许我们人生的冬天也是有意义的吧?经历苦难的艰难时光,不只是带给我们无尽痛苦的时光,也是能够使我们切实

连我都不知道自己想要什么的时候

地感受到不管何时都留在身边的小小的温暖和珍贵的爱的充满希望的时光。

我曾亲眼看过一次秋史金正喜画的《岁寒图》。当时乍一看觉得太简单了,因为画上只有几棵凋零的树和一栋孤零零的陋室,但是了解到这幅画的背景故事后,我觉得它看起来大不一样了。

画《岁寒图》的时候,金正喜被卷入了党派之争,独自被流放到了济州岛。由于长期的流放生活,他逐渐和朋友们失去了联系,始终如一地问候他的,只有他的学生李尚迪。李尚迪因为是译员出身,所以经常去中国。每次去中国,他都会找来一些珍贵的书籍,把书和信一起寄给老师。他把能使自己出人头地或荣华富贵的贵重物品,送给了被世人遗忘的被流放的老师。

收到李尚迪的信和礼物后,金正喜感受到了能够击退凛冽海风的微弱的温暖,想到他一如既往的样子,脑海中浮想起《论语·子罕》篇中的一句话:

岁寒,然后知松柏之后凋也。

《岁寒图》就是只有纸和一支毛笔的金正喜,献给像松柏一样始终如一地对待自己的李尚迪的真心。画的右下角盖有"长毋

Chapter 2　当"加油"也无法给人安慰的时候

相忘"的印章,意思就是"永远不要忘记对方"。从这里能够感受到,即使在人生中寒冷的冬天也始终如一陪伴着的李尚迪,让金正喜的内心收获的温暖。

也许正是因为金正喜处于流放生活的恶劣环境中,所以才能够更加切实地体会并珍惜李尚迪不变的真心。就像因为有严酷的寒冬,才能体会到和爱的人一起手牵手分享体温的珍贵。

> 希望是在人生中起重要作用的真正力量。希望能够把未来的光辉照射到眼前,同时也向我们展示出可以前行的道路。不要把希望和对利益的期待弄混,因为希望不是未来,而是从现在开始发挥效用。

德国哲学家娜塔莉·克纳普在《不确定的日子的哲学》一书中这样描写了希望。在我们人生前进的道路上,不可能一直都只发生好的事情,反而相反的情况会更多。

但是无论在多么困难的情况下,希望你们都能找到微小的爱和希望的种子。只要我们能发现身边微弱的温暖,坚强地抵御严冬中的寒冷,总有一天会与悄然来到身边的温煦的春天相遇。

连我都不知道自己想要什么的时候

想漫无目的地度过一天

徐徐的微风温和地拂过脸颊，走着走着，之前感觉到的一丝凉意慢慢消失不见。边散步，边愉悦地观赏身边经过的人、天上飘过的白云，就这样望着周围的风景一步一步走下去，就连心情也变得雀跃起来。和别人一起散步也好，一个人散步也不会觉得寂寞；在旅行地漫步观赏也好，在家附近闲逛也是件乐事，哪怕只是漫无目的地走一走。

不知书前的你是否也喜欢散步，就个人而言，我是非常喜欢散步的，以至于到现在也是每当有空的时候就会在公司或家附近走一走。甚至在书店里，如果看到有关散步的书籍也会停下来阅览一番，如果读到喜欢的文字，也会将其摘抄在笔记本中。

在一次机缘巧合下，由于要进行"人生的文章"中诗集的音频录制，我偶然间翻阅到了诗人赵炳华的《散步》这部作品。从题目开始，这部作品就深得我心，诗的内容更是让我沉醉其中。静静欣赏的时候，脑海中就会浮现出爱慕思念的那个人，萌生出

Chapter 2　当"加油"也无法给人安慰的时候

一种想要和那个人一起散步的想法。

> 那是一段曾想和你一起走的路
> 那是一片曾想和你一起坐的草地
> 那些曾想和你走一会儿坐一会儿的
> 幽径喷泉边的草地
> 橙黄的蜜柑树下的长椅
> 还有想和你一起躺着望天的南国花田
> 那片站着望去瀚如碧海的花田
> 我的心就像松蚁一样在阳明山的半山腰
> 温暖的天空如同一张网将我困在其中
> 而我振翅欲逃的同时
> 开始怀念起相见即要分别的人们
> 那是一段永远和你一起走下去的路
> 那是一片永远和你一起坐着的草地

在阅读这首诗的时候,我的脑海中浮现出一个人的身影。他是我的一位大学同学,与我一样喜欢散步,也热爱文学。约上许久未见的这位老同学一起吃饭聊天,饭后还意犹未尽地找一家咖啡店坐着继续刚才的话题时,朋友笑着说道:"既然我们是因为一首与散步有关的诗重聚的,不如就趁此机会走一走吧。"

连我都不知道自己想要什么的时候

记得大学时期我们经常相约散步，可自从毕了业步入职场后，就真的没有什么时间了。不仅没时间和这位朋友散步，和别人也鲜少有散步的经历。和别人见面的话，一般会把见面地点约在会议室、餐厅、咖啡店等室内场所。但每次在这种有限的空间中交谈时，总会有瞬间语塞的时候，无论和对方聊得多么顺畅，相处得多么融洽。但那天和朋友边散步边谈论的情况就有所不同。

"承焕啊，久违的散步的感觉真不错。你知道这样散步有什么好处吗？"

"嗯，对身体健康有益。天气好的时候连带着心情也会变好。大体上就是这些吧。"

"这只是其中一部分，最好的一点是能够一直愉快地交谈，边散步边拿周围不断变换的风景作为话题的话，永远不愁没话聊。"

确实如此，那天我和朋友聊了很多。我们讨论了身边驶过的车、林荫路上的树种、为什么不远处的那家小店门口会聚集那么多人之类的琐事，以及后面说起的对未来的真挚思考等内容。那一天，我再一次切身体会到了散步的魅力。

和别人一起散步的时光固然很美好，但偶尔一个人漫步也是一种治愈的方式。18世纪的法国哲学家让–雅克·卢梭就是一

Chapter 2　当"加油"也无法给人安慰的时候

位很有名的散步者,据说他尤其喜欢在巴黎郊外独自漫步。虽然卢梭的名气延续至今,实际上他的一生却是不幸的连缀。卢梭作为一个贫穷的钟表工的儿子,度过了艰苦的童年,也曾因为偏见和歧视与许多人产生过矛盾。他曾因批判宗教界而受到世人的责难,甚至被驱逐流放。在经历了这么多的痛苦后,步入晚年的卢梭写下了描写自己内心真情实感的最后一部作品,一部叫作《孤独散步者的遐想》的未完之作。

> 只有这段孤独和冥想的时间才是一段不会被各种琐事和纷乱的思绪打扰到的独属于自己的时光,也是一段让我能够以自己所期盼的样子存在着,并可以说出内心真实想法的唯一时光。

卢梭说,安慰自己疲惫心灵的是通过散步进行的思考和冥想的时间。我们在生活中会遇到很多困难,也会受到偏见带来的困扰,此时最需要做的就是不要被他人的眼光干扰,爱惜自己,以淡然坚毅的态度面对这个世界,虽然要想拥有这种心态并没有那么容易。

想过不被他人视线左右的人生需要进行许多次练习。还有比散步更好的方法,能够将全部注意力集中在自己身上吗?在一步步慢慢走下去的过程中,不知不觉就会专注其中,最终寻找到只

连我都不知道自己想要什么的时候

属于自己的固有价值。

散步本身就具有为生活注入活力的功效，这也是除了卢梭以外的许多哲学家、艺术家都喜欢散步的原因。哲学家康德就以过着比时钟还精准的自律生活而出名，甚至曾有人说过，看到他去散步就能知道当时的时间。除此以外，在德国的海德堡，还有歌德、黑格尔、海德格尔等名人喜欢走的"哲学家之路"；被称为"音乐圣人"的贝多芬，以轻快地走在乡间小路上的感觉创作出了《田园交响曲》；诗人波德莱尔、兰波和哲学家瓦尔特·本雅明也都是有名的散步者；哲学家尼采甚至热爱散步到说"思想来自漫步者的脚尖"。

事实上，即使没有那些名人事迹，我们需要散步的理由也很充分。最大的好处就是，只要能够走路，不管是谁在何时何地都可以进行。只要下定决心，家门口的胡同也可以成为散步的好去处。当然，也可能你会认为大家每天都会走路，怀疑是否有必要专门花时间去散步。然而，走到一个既定的目的地，和随心地散步是有很大差别的。

难道所有踏出的脚步都必须有一个明确的目的地吗？

人生如果能像散步一样随心漫步未必是件坏事。

Chapter 2　当"加油"也无法给人安慰的时候

作家李爱敬曾在《止住泪水的时间节点》中对散步所拥有的最大魅力——即不需要带有任何目的性的特征做过上述描写。事实的确如此，因为散步不需要带有任何特定的目的，因此在这漫无目的的空间里，你能够将所有注意力集中在自身或与自己一起散步的同伴的谈话内容上。

如果对任何事情都提不起兴趣，没有什么热情，觉得生活疲惫不堪的话，不妨尝试一下通过散步来寻找生活的乐趣。一个人也好，跟别人一起也好，散步既容易身体力行，又容易从中感悟生活，同时也可以成为你生活活力来源的绿洲。

无论是谁，都会有意识到自己曾追求的目标终究无法实现的那一刻，又或许是从一开始就没有明确的目标。这时，我们可能会失望、挫败，也可能会陷入忧郁的情绪中。

但人生总是要有目的的吗？就像前面作家李爱敬所说的一样，如同散步一样漫无目的地行走可能也是种不错的选择。没有必要每个时间段都事先定好一个目的地，只要朝着那个方向前进，偶尔慢悠悠地独自漫步，或者和喜欢的人一起边走边谈天说地也很有意义。

当然，也有无暇顾及周边，只顾着前进的时候，偶尔也确实需要全速奔跑，但像这样奔跑着到达终点的结果是对沿途经过的风景没有任何印象。全力以赴努力实现目标固然重要，但有时也

连我都不知道自己想要什么的时候

需要漫无目的地散步的时间，人生并不是总要和别人竞争谁可以在最短时间内到达终点的赛程。

凡事不必操之过急，就像散步一样，我们需要停下脚步，慢慢欣赏周围的风景。暂时放下日常生活中的苦恼，与爱的人一起边散步边聊天，没有比这更让我们感到幸福的事情了，偶尔拥有独自漫步、独自思考的时间是种不错的选择。

愿你能够倾听自己内心的声音，
然后自信而勇敢地一步步走下去。

在这条路上你比任何事都重要，
所以无论去向何方，无论何时到达，
愿你热爱所走的每一步路。

愿所有人都能够
独自一人或与他人一起，
长久、认真地行走在
那名为人生的散步之路。

Chapter 2　当"加油"也无法给人安慰的时候

像爱初雪一样去热爱

　　生活中我们会遇到多少第一次呢？很多人都说那种莫名激动又害怕的从未体验过的感受就是初次尝试的感觉。初次开学、初次上班、初恋、初次失恋、初雪、初次旅行等，即使是生活中常见的事物，只要前面加上一个"初次"的前缀，好像一切就变得不同了。

　　至今为止，我也有过许多初次体验，最先想到的是小学时期第一次学骑自行车的经历。在经过了无数次摔倒和重新站起来尝试的过程后，终于能够迎着微风自由自在地绕着整个公园骑行了。神奇的是，我至今能够记得当时那种全身舒畅的喜悦和成就感。

　　当然，成为我人生最大转折点的也是某个第一次。几年前，我厌倦了每天从公司到家两点一线的平凡生活，处于对未来的一切都感到迷茫的状态。不愿意迎接第二天的到来，晚上也会经常失眠。在我维持了近一个月这样浑浑噩噩的状态后，脑海中突然

连我都不知道自己想要什么的时候

冒出来一个很奇怪的想法。当时的我在想，如果把那本被世人喻为"苦闷和忧郁的典型"的《哈姆雷特》找出来阅读的话，会不会在书中找到解决方法呢？于是，每天晚上我都翻看《哈姆雷特》，直到有一天看到了这段文字：

> 不要想到什么就说什么，凡事必须三思而行。对人要和气，可是不要过分狎昵。相知有素的朋友，应该用钢圈箍在你的灵魂上，可是不要对每一个泛泛的新知滥施你的交情……尤其要紧的，你必须对你自己忠实；正像有了白昼才有黑夜一样，对自己忠实，才不会对别人欺诈。①

这是波洛涅斯对自己儿子的人生忠告，对我来说印象最深的是"你必须对你自己忠实"这句话。它让我冷静地去思考，自己内心真正渴望的是什么，那就是能够写出引起人们共鸣和给予人们慰藉的温暖文字。我想通过写文章，给那些独自承受痛苦的人带来克服困难的勇气，就像我从阅读中获得力量一样。鼓起勇气后，我开始创作我的第一本书——《对自己表达感谢》。

---

① 引用朱生豪译本。

Chapter 2　当"加油"也无法给人安慰的时候

我也有过感到无比幸福快乐的第一次,那就是与心爱的人初次相遇的瞬间。仍记得那是一个淅淅沥沥下着雨的傍晚,朋友向我介绍说是一个非常不错的人,并安排我们约在地铁站口见面。到达约定的地方后,我看到远处有一位穿着蓝色连衣裙、举着白色雨伞的女子正走过来,还没来得及看清相貌,就已经有一种她就是我要见的那个人的感觉。彼此羞涩地第一次打过招呼后,正准备出发去吃晚餐的那一刻,心中萌生出想和她共同撑一把伞的念头,虽然明明自己背包里备着一把伞。

"我没有带伞,不介意的话可以一起打伞吗?"

"可以的,没问题。"

虽然对我突然说出的提议多少感到有些惊讶,但她还是笑着应允了。于是,我们就这样共同撑着一把伞,在夜雨中到了餐厅。那时怦然心动的感觉现在都还记得,连雨声和汽笛声都变得浪漫了。那晚我和她从餐厅转到小酒馆,一路上聊了许多话题。

> 为什么人们都如此喜欢初雪来临的那一天呢?为什么初雪来临的那一天想要去见某个人呢?这到底是为什么呢?也许只有相爱的人才会如此期待初雪的到来吧,因为希望彼此间的关系一直能够像初雪的世界一样。

这是诗人郑浩承的作品《初雪那天相见》中的一段文字。作

079

连我都不知道自己想要什么的时候

者把对初雪的喜爱之情描写得生动而美好。虽然每年都会下雪,但是因为约定好在初雪那天见面的人,所以会对"初雪"这个词有一种特殊的情怀。因此,我们要好好珍惜陪在身边、让我们深情期待初雪来临的珍贵的人。

如果有心爱的人,请像爱初雪一样去爱。我们通常会对"初恋"一词赋予特殊意义,而事实上,对于爱情,用第一次、第二次或者第三次来判断它的价值是一种不明智的行为,因为对于相爱的人来说,重要的第一次是彼此第一次相遇然后陷入爱情的瞬间。有一个相爱的人,能够一起等待初雪降临的时刻是一件多么幸运的事情啊!

每天清晨睁开眼的那一瞬间,意味着我们就要迎接新的一天,又是能与心爱的人见面,一起度过幸福时光的一天。事实上,我们每个人的人生都只有一次,一想到人生从生到死所有的瞬间都是第一次,就觉得我们面对的所有瞬间都是有意义的,都是值得去爱的。最后,我想通过李海仁修女的《时间的礼物》这首诗,再次体会一下"初次"那一瞬间的珍贵。

因为活着
所以能以新的面貌与时间再度相见
今天它也和我同时起床
穿着绿色的新衣向我露出微笑

Chapter 2　当"加油"也无法给人安慰的时候

新的一天开始之际

在洗漱的脸庞上

在相互道早安的家人们的话语中

在正要迈出家门的鞋子上

时间都会安静地出现

并催促着我去热爱

那生活中追随着我的时光

之前从未觉得

时间是如此让人怦然心动的礼物

愿你所有初次开始的瞬间都灿烂耀眼,
愿你的人生充满爱和喜悦,
愿这些都能成为你克服痛苦和绝望的一丝希冀。
因此,愿所有初次都能成为永远让你怦然心动的礼物。

连我都不知道自己想要什么的时候

对你的琐碎日常感到好奇

　　还记得今天上下班或上下学路上的风景吗？还能记起天上的云朵是什么样子，路人是什么表情吗？我想大部分人都很难回答上来。我们总是很容易忽视这些琐碎的小事，因为每天都只顾向前奔跑，所以才会忽略这些。

　　曾经的我也以忙碌为借口，以更好的未来为借口，忽略了生活中许多微小却珍贵的幸福，忘记了对微小的幸福也要心怀感恩，也没能对那些平日里照顾我、帮助我的人表示关心。如果连对身边珍贵的人和日常的小幸福都感受不到的话，就算实现了再大的目标又有什么用呢？人生原本就是由琐碎的日常构成的，如果每天都感到不幸福，那么人生就不会是幸福的。

　　如今我清楚地知道了，想要幸福其实并不需要得到多么特别的东西。树立长期目标固然重要，但我们也不能因此疏忽眼前的生活。在努力度过了一天的生活后，我们需要寻找一些能够给自己加油充电的微小而珍贵的幸福。其实真的不需要什么特别的东

Chapter 2　当"加油"也无法给人安慰的时候

西,有时一杯茶,或者一块小饼干就能扫除一天的疲劳。

> 我机械地将泡了玛德琳碎块的红茶倾入口中,当混着蛋糕碎末的红茶触碰到我上腭的瞬间,我惊讶地注意到自己身上发生了一些非同寻常的变化。有一种莫名的甜蜜的喜悦感攫住了我,使我超脱凡俗。这种喜悦用像爱情一样贵重的本质充实了我,让我对生活的变故漠不关心,产生短暂人生中的灾难亦属无碍之事的错觉。不,这种感觉并非来自外界,它本来就属于我自身。我再也不觉得自己是庸俗的、偶然的、等待着必然死亡的存在。

这一段是马塞尔·普鲁斯特的作品《追寻逝去的时光》中的著名片段。作者用一小块玛德琳蛋糕很好地表现了从日常苦恼中摆脱出来后走向幸福的过程。小说虽然篇幅很长,但是作者对个人的内心活动进行了深刻描写,所以能够引起共鸣。

对有些人而言,一小块玛德琳只不过是入口即化的甜点,但对另外一些人而言,他们能够从中体会到许多丰富的情感,这种情感可以超越时间和空间的界限。对于这样的人来说,一小块玛德琳蕴含着早已超过它本身的价值和意义。换句话说,普鲁斯特很清楚地知道一个道理:再微小的事物,也有可能从中得到人生最大的幸福，获得能克服所有困难的强大力量。那么，玛德琳对于你而言意味着什么呢？我希望在读到这篇文章的时候，它能够成为你对细小但珍贵的事物进行回顾的一个契机。

我对那些琐碎之事中蕴含的能量也算略有体会。最开始的初衷只是想把喜欢的文章分享给大家，而如今的我却从事着意想不到的作家这个职业。

坚持日常中一些不起眼但令人快乐的小事是获得幸福的秘密钥匙，不需要把幸福想得太过宏伟。享受美食也好，出发去旅行也可以，参加聚会与不同的人聊天交谈也是种不错的选择。虽然人生不会因这些琐事而大有不同，但懂得日常琐碎的幸福的人能够以平和宽容的心态看待这个世界。这种小幸福不是依靠别人寻找的，它需要自己用心去寻找或创造。就像亨利·戴维·梭罗在《瓦尔登湖》中写到的那样：

> 如果我们都能够满足于朴素而明智的生活，那么人生就不会充满如此多的苦难，而是会成为一场有趣的游戏。自我的信念和经验让我确信这一点。

梭罗是谈论有关琐碎幸福的话题时必然会被提及的作家。他在美国马萨诸塞州康科德镇的瓦尔登湖畔独居了两年零两个月，

Chapter 2 当"加油"也无法给人安慰的时候

《瓦尔登湖》一书的主要内容是赞美大自然和批判人类文明的野蛮性。他是如此喜欢瓦尔登湖,以至于在文中写道,"我从未见过像瓦尔登湖一样拥有高洁品质和纯真气质的人"。因为本人非常喜欢这部作品,所以也收藏了好几本不同出版社出版的译本。作者对大自然美景的细致描写和感官体会固然非常具有吸引力,但本书更大的魅力点是作者对人生和自由的独特见解及富有深刻意义的洞察。

梭罗在瓦尔登湖畔自己动手盖房子、砍柴种地,日出而作,日落而息,过着顺应自然规律作息和能通过辛苦劳作来自给自足的生活。虽然很辛苦,但一天的劳动结束后他还会进行阅读或写作。尽力做好自己的事情,并享受从中获取的微小幸福的人生。他用文字展现出的这种朴素的生活态度,不正是物质上富足、精神上却贫瘠的我们需要学习的吗?

社会学理论中有个"破窗理论":如果街道上破坏的玻璃窗不被修理好的话,那么整个城市的犯罪率就会上升。这个理论表明了微小的无秩序事件也许会导致很大的社会性问题。

这个理论也适用于个人关系。例如,与恋人或朋友产生了严重矛盾,并不是仅仅一两件事导致的,而是那些小的误会和负面情绪长期积累后最终爆发出来的。这时,追究"到底为什么因一件小事发火"是一种不明智的行为,因为如此严重的局面是经过

连我都不知道自己想要什么的时候

长时间的琐碎事件积累后导致的。

各自的另一半都要更加关心对方的感受,这是维持成功的恋爱关系和婚姻关系的唯一前提。如果能够做到比起自己更为对方考虑这一点的话,说明两个人是处于平等地位的。

哲学家及阿德勒心理学派的专家岸见一郎曾在《恋爱中的小哲学》中提到,爱情的前提在于关心对方。关心对方是指对那个人日常中的一些小事感兴趣,会对对方中午吃了什么,现在的心情如何,今天一天有没有发生什么特别的事等各种琐事感到好奇。换句话说,爱情不是靠每天的特别惊喜来维持延续的,正如我喜欢的歌手10cm在歌词中写的一样——"在银河咖啡厅门前遇见,喝着红茶和咖啡,每天听着同样的歌前来"。

占据了我们大部分人生的其实是琐碎而平凡的日常。让我们试着成为会珍惜这些日常,即使是小事也会心怀感激的人吧。学会去关心所爱之人的小小举动,怀有一颗关怀之心。

琐碎之事累积成你我的人生,
希望你成为
能够互相传递小小幸福的人。

Chapter 2　当"加油"也无法给人安慰的时候

幸福并不是什么特别宏伟的东西，
就算只是日常中的琐事，
也能让人拥抱幸福。

连我都不知道自己想要什么的时候

问我为什么？因为是青春啊

青春可以毫无理由地活着，
这正是它拥有的巨大魅力之一。

就像奥斯卡·王尔德的这句话一样，毫无理由地活着也能成为一种魅力，就连做什么事都显得笨拙的样子也很可爱，可以热情到极致，也可以瞬间变得冷淡，而且还很容易受到伤害，这样的时期就是青春。谁都会经历一次青春，无论是现在正在经历这个时期的人，还是已经告别这段时期的人，青春对于他们来说都是一个津津乐道的话题。

回顾自己的青春，似乎没有什么特别明确的目标，只是随着当时情况而定。虽然经常会冒冒失失地犯错，但那时并没有觉得很糟糕，反而感到很幸福。就如自己所说的那样，每天都过得比较自由，那时的自己就像是陶醉于某种东西一样，容易冲动，也容易倾尽情感。曾和朋友们一起在夜晚的大街上游荡，也有过说

Chapter 2　当"加油"也无法给人安慰的时候

走就走的旅行,有喜欢的事和人就付出所有真心。如果让我现在回想当时的自己为什么会那样做,我只能给出一个答案——因为那就是青春啊。

歌手金光石生前曾在演唱会中谈过关于青春的话题:

> 为了寻找自己而横冲直撞磕磕绊绊度过的日子,同时也具有无限的可能性。在这段时光里,心中总会有各种想法和期待,无论是主观的、大众的,还是客观的。因为莫名的自信心会展开许多行动,但也会因最终无法收场而受伤,经受痛苦。然而因为还留有自尊心,所以会变得像玻璃一样脆弱,受了刺激要么被撞得粉身碎骨,要么索性自我破碎。

青春就如同玻璃一样,即使单薄也不惧怕受到外部刺激,无论是被撞碎还是自我碎裂,总是有着无尽的勇气和好奇心。有人曾说,我们失去好奇心的那一瞬间就是青春逝去的时刻。三十岁、四十岁,随着年纪的增长,自己会逐渐远离刺激和好奇,情感感知力也会变得迟钝,会从对每件事都具有好奇心并勇敢尝试,变得更加偏向于慎重考虑。久而久之,青春韶华就这样不知不觉地离我们而去,而我们会愈加怀念那段灿烂的时光。

连我都不知道自己想要什么的时候

让我们先放下对已逝青春的回忆,现在我想给那些此时正在经历这段美好时光的年轻人一首诗。

　　让你的家充满欢声笑语和温暖爱意吧,
　　在这里,你要生活,要为自己遮风挡雨,也要建立
人生的原则底线。
　　在那寂静的洞穴勉强发出一声叹息,
　　从那昏暗无光的内心深处,
　　回顾曾经茫然却不失温柔的生活,
　　以及无法挽回的流年。
　　与此同时,顺其自然而又严肃谨慎地,
　　任由你的自由意志越过世间万物,
　　从你身边远离,跨过远处深红色的地平线,
　　愿你的诗作能够在灿烂的阳光下惊艳于世。

上述诗作是《致某位诗人》的部分片段。创作这首诗的维克多·雨果是法国浪漫主义流派的代表作家,同时也是一位杰出的诗人,其主要著作有《悲惨世界》和《巴黎圣母院》。就如标题所示,这是雨果写给一位诗人的作品,但我认为它同样适合处于青春时期的年轻人。因为诗的内容传达了这样一个信息:尽情歌唱,全力去爱,肆意大笑,放声大哭,忠实于自己的情感,脚踏

Chapter 2 当"加油"也无法给人安慰的时候

实地的同时也要仰望天空,让属于自己的诗歌在阳光下闪耀。

事实上,雨果本身就是一位无比忠实于自己的内心情感且经历过热血青春的人物,他在二十三岁便被法国王室授予荣誉军团勋章,可见雨果对文学的热爱程度非同一般。后期他又因反对拿破仑三世的政变而流亡国外十九年。雨果的代表作《悲惨世界》主要讲述了主人公冉·阿让的故事,但不得不提及的是,雨果也使用了不少的篇幅和心思去描写生活在革命时期的热血青年们的爱情、梦想和对生活的热爱。正是因为作家本人亲历的青春就是热烈而富有激情的,所以才能够创造出这样的诗作。

青春二字,对于已经经历过的人而言是令人怀念的浪漫回忆,对于正在经历青春的人而言则意味着无限的可能性。刚开始独自解决问题时也会感到慌乱失措,但这些在今后都会成为珍贵的阅历和回忆。当然也会遇到困难,受到伤害,但只要勇气还在,就意味着有机会绽放属于自己的花朵。青春会给人不畏惧退缩的胆量、敢于亲身体会一切事物的勇气,以及堂堂正正地书写独属于自己的青春诗歌的力量。

在进行关于"人生的文章"录音活动时,我曾分享过关于青春的文章,在此我想引用其中的一段文字来结束这一章节。我把作家朴雄贤的《八句箴言》中的片段分享给大家:

连我都不知道自己想要什么的时候

不要试图寻找人生的正确答案，它需要你去创造。
不要总是幻想着明天，充实的今天就意味着明天。
不要羡慕别人，即使有再多缺点，你仍是你自己。
愿你不要随波逐流，时代会变化，本质会留存。
愿你不要言听计从，所有评价都只不过是参照物。
愿你将此书中所有内容都只当作参考意见，
然后与自己内心的审判者共同商讨，
之后坚定不移地走只属于自己的人生。
切勿忘记，时刻尊重作为独立个体的自己。

请忠于自己的内心，不要总和别人攀比或者回避重要问题，尽全力努力过好每一天。不论是学业、爱情、友情还是旅行，你有享受这一切的资格。像喜爱帆板运动的人一样，用愉快的心情去面对眼前汹涌的海浪。即使失败九十九次，成功一次，只为了这一次的成功也能够以乐观的心态迎接风浪，这是只有青春才能体会到的喜悦。

Chapter 2 当"加油"也无法给人安慰的时候

即使开启了大人的时间

不知不觉中已经到了这个年纪,看着镜子中已经成长为大人的自己,有时会感到些许陌生。成为大人也不是一天两天的事情了,但还是会无缘无故地干笑几声来试图冲淡那种不适感。相册中开朗的孩子和淘气包少年,还有充满朝气的青年早已不知所踪,因此总会感到莫名的惆怅。

小时候总是天真地认为,成为大人后会懂得很多,也能做很多事情。围在我身边的规矩曾令我感到窒息,每天都要穿校服、考试,所做的每一件事都被父母和老师管束着,这种被约束的感觉让我无比盼着长大。

但等自己真正成为大人后才发现,竖在眼前的坚实高墙比学生时期的还要坚不可摧。不像学生时代只需要自己努力就行,现在还要同时兼顾家人、同事等周围的人。小时候认为长大后就能随心所欲地做任何事情,现在反而需要承担越来越多的责任和义务。不知是不是这个缘故,现在的我反而异常怀念学生时代,那

连我都不知道自己想要什么的时候

时候认为的沉闷的日常生活，如今想来觉得很自由。偶尔会冒出天真的想法：如果早知道大人要肩负这么繁重的责任，那还是继续当个孩子好了。

成为大人之后的生活为什么会如此辛苦？如果能一点点积累成长的经验，稍微放慢成为大人的速度该有多好？难道只有我一个人因为突然成为大人而感到吃力吗？

每年的年纪一点点增长，
每天的生活慢慢变复杂。

这是吉本芭娜娜的随笔《成为大人》中的一句话。读到这一句的时候，我知道了原来不止我一个人有同样的想法，这一点让我感到一丝丝的安慰。如果是在年少时读到这一篇随笔，或许我不会有这么深的感触，然而成人之后读到这篇作品中写的"每天的生活慢慢变复杂"这一句时非常有共鸣。想努力用单纯的目光看待人生，但只要一想到每天面临的生活课题就会不由自主地变得复杂。我想跟那些有相同想法的大人分享这篇作品中的另一段话：

不成为大人也没关系，但请你成为自己。

Chapter 2　当"加油"也无法给人安慰的时候

这才是我们来到这个世界的目的。

这句话给了我很大的力量。当我们成为大人之后,心中就会给自己施加压力,不断暗示自己,言行举止要看起来符合成熟的大人的标准,并对其负责。难道一味地像大人一样行动,在意别人的看法才是成人的世界吗?我想并非如此,我们也不需要以这种方式成为大人。

至今我都认为自己距离成为一个合格的大人还很遥远,就算别人说这是拒绝长大的借口,我也无话可说。过于在意别人的眼光,只会给自己带来不舒服的感觉,我们只需要认真过自己的人生就好,不要徒增心理负担。

当然,这个世界不会让我们的生活永远风平浪静,我在经历了几年的职场生活后对此深有体会。在学校学习的专业知识有时在工作中不一定那么有用,不得不承认,在职场中会看脸色行事、手脚麻利,有时比能力更重要。让人气愤郁闷的事不在少数,我也曾不止一次在下班路上抬头看着夜空长长叹息。以为会一直支持我的朋友有时也无法理解自己,一直信任的前辈也不一定能在我真正需要帮助的时候无条件地依赖,有时候他们反而会给我们带来心理压力。

在人生的大海中航行,就意味着我们的生活注定不会一帆风

连我都不知道自己想要什么的时候

顺。生活总是动荡不安的，无论是在家里，还是在职场中，随时都会遇到巨浪和急流。无论站得多么笔直，都很容易崩溃倒下。很多次都以为自己能挺过去，眼泪却不由自主地流了下来。即使再辛苦，也会因别人说的一句"大人的生活都这样"而强忍着不动声色。

其实大可不必这样，没关系的，累的话可以说，也可以哭出来，太疲惫的时候也可以停下来休息一会儿。重要的只有一点，就是绝不可以把人生的决定权交到别人手上。

> 每个人的使命只有一个，那就是学会做最真实的自己……每个人应该关心的不是一定要拥有完美的命运，而是应该寻找只属于自己的人生，并把自己命运的决定权紧紧地握在手中，以自己的方式去生活。

赫尔曼·黑塞的《德米安》告诉我们，我们真正需要关心的是自己的想法、喜好取向、生活方式和人生态度，不应该把自己局限在他人和社会判定的框架中，而应该去寻找属于自己的人生。然而，令人悲伤的是，我们大多数人都将儿时的梦想遗忘在了成长的道路上，渐渐放弃了自己内心的真实想法而选择了向世界妥协，并且戏称那些仍然追求梦想、不肯放弃的人为"白日梦想家"。

Chapter 2　当"加油"也无法给人安慰的时候

但是,无论是孩童时代还是成年之后,我们都不能只为自己而活。因此我们要更加明白,如果想得到真正的幸福,就不应该过度把心力用在考虑别人和社会对我们的评价上,而是应该将注意力集中于自己的命运、自己的想法,并坚守自己的人生态度。不要一直考虑如何做一个"端正的大人",只要找到自己的人生之路然后坚持不懈地走下去就可以。《德米安》对于我而言就是那种每次阅读都能给自己带来不同感悟的作品,这本书值得反复品读。

我为自己安然地度过这一天而感到欣慰和满足。我认为此刻的自己很幸福,很充实,并觉得生活不会比现在更美好了,因为我用生活给予我的一切打造了对我而言最棒的人生。归根结底,我们的生活皆由自己创造,一直以来都是如此,未来也会永远如此。

撰写了《人生永远没有太晚的开始》的摩西奶奶从小心中就有一个当画家的梦想,但环境并不如意,直到七十六岁,她才开始了绘画生涯。尽管大家都说为时已晚,但摩西奶奶从来不去理会这些评论。此后多年,她一直坚持写作,并在此期间画了1600多幅画。九十三岁那年,她还成为了《时代》杂志的封面模特。在韩国,也有这样一位年过七十才开始使用YouTube,现在作为

连我都不知道自己想要什么的时候

原创化妆师在全世界范围为人所熟知的朴幕礼奶奶。

对这两位而言,为时已晚或者岁数过高这种话是毫无意义的。类似这样的世俗偏见完全不应该成为问题,重要的只是勇敢地去实践自己想做的快乐的事情。

给予我们每一天的都是我们自己,再有能力的人也无法代替别人去生活。每个人的人生都各有不同,因为我们都是这个世界上独一无二的存在。所以,我们要更加爱惜自己,尊重自己,去过能感受到幸福的生活,这种人生只能由我们自己去创造。

不一定非要像一个成熟的大人一样生活,也不一定要拥有非常成功的人生。如果在人生的每一个瞬间都能做自己想做的事,竭尽全力以自己的方式去生活,就已经算是拥有了专属于自己的有价值的人生。

Chapter 2　当"加油"也无法给人安慰的时候

不加油也没关系

每个人都会有需要得到安慰的时刻，尤其是当你感到孤独、悲伤，或者感觉非常疲惫的时候。遇到无法独自一人承受的事情时，我们也会依靠别人的肩膀，互相给对方加油打气，以此传递温暖。

但奇怪的是，有时"加油"这个词只会让人觉得沉重，也让人感受不到真心，安慰的话语也没能起到安慰的作用。这时我们需要的是什么呢？不需要任何安慰和鼓励，就这样放任不管也没关系吗？不是的，这时我们需要的并不是口头上说一声"再坚持一下"的鼓励，而是说一句"现在的你也很不错"，对现在的状态给予肯定或某种积极性的认同。

这件事发生在我作为职场新人刚进公司学习各种业务的时候。那时的我对每件事都感到陌生，所以总是紧张地看周围人的脸色，除了反复地在复印机和自己的工位之间来回走动外，我对

连我都不知道自己想要什么的时候

所有事都感到无从下手。有一天，部长叫住了从他旁边走过去的我。

"小郑是不是还没有进行职位安排？要不要试着做一下竞争公司的产品分析？"

对于那时的我而言，和部长级别的领导说话会让我感到十分有压力，所以也没有仔细询问具体的工作需求，只是快速地回答了一声"好的"后，就飞快地坐到了自己的工位上。当我坐在工位上，盯着自己的电脑屏幕回过神来时，才发现自己紧张得冒出了冷汗。随后，我开始通过查找公司电算网和网上的相关资料，绞尽脑汁地进行分析工作。

我也不知道自己做得究竟好还是不好，心里完全没底。虽然有找过公司前辈想要获得一些有效的建议，但得到的答案也只是一些鼓励性的回答："嗯，再总结归纳一下应该会好很多。加油吧！""你可以的！加油哦！"

虽然收获了无数"鼓励"和"安慰"，但我最终并没有获得任何实质性的建议，当时的我感受到的只有迷茫。不知不觉已经过了下班时间很久了，终于有一位因工作外出的前辈回到了办公室。看到他的瞬间我就觉得遇到了救星。那位前辈耐心地听了我的想法后，边翻看手上的分析案边对我说："看起来是用了心的。虽然分析得还不错，但像这些部分如果能够分析得更详细一些效果会更好。"与听了一整天的"加油"

Chapter 2　当"加油"也无法给人安慰的时候

二字相比,那位前辈说的"做得很用心"和"现在这种程度也不错"这种含义的话,不知给我疲惫的身心注入了多大的能量。

生活中我们往往会经历许多类似的情况。同样是安慰,有些能够感受到对方的真心,有些却听起来毫无诚意。只是干巴巴地说几句"努力,加油"这类的话是起不到安慰作用的,听的人也不会感受到你的真心。对于真正需要安慰的人而言,他们想要的是有人能够耐心地倾听他们的诉求,以及理解他们内心的想法。

"加油,要努力生活啊!"到处都能听到这种加油的话。仅凭这几句话,现在的人们是感受不到任何安慰的。我倒想这么说:"不加油也没关系。"与其因用力过度选错方向而误入歧途,我更希望你能放平心态。不用那么努力,这么一想心中是否能够好受一些呢?其实人没必要那么努力地活着,这么一想会不会反而得到一些力量?真正该远离的是那些总在无形中给我们施加压力的人。不加油也没关系,只要按照自己的人生节奏一步步前进就足够了。

这是辻仁成的小说《请给我爱》中的文字,也是最近一直出

连我都不知道自己想要什么的时候

现在我脑海中的一段话。如今社会上的年轻人最需要的安慰语大概就是这句"不加油也没关系",而不是"加油"吧。

"没关系,已经做得很棒了,不加油也没关系",对于那些明明已经累到极致却仍然强撑着不倒下的人而言,这段话能给他们多少勇气和力量啊。与其将力气用在错误的方向,不如放慢脚步慢慢来。不拼命努力也没关系,这时候的我们反而会获得更多向上生长的力量,让我们明白努力并不是为了做给别人看,而是为了我们自身的道理。

每个人都有自己的生活节奏,如果过于强迫自己高强度运转或紧跟社会上其他人的步伐的话,只会给自己造成伤害。事实上也没必要这么做,实在没有力气向前跑的时候真的不用强迫自己,停下来歇一歇也没关系。

想做得更好,但能力只能达到目前这个程度。这时候说的"我已经尽力了"是一句具有神奇力量的话。但自从长大进入社会后,在社会上尽全力做事是最基本的,所以"我已经尽力了"这句话不能再像以前那样在许多人面前轻易提起,只是偶尔独自一人的时候会对自己说。

当生活中的事不顺心时会问自己,究竟要做到什

Chapter 2　当"加油"也无法给人安慰的时候

程度才算尽了全力呢？为什么倾尽所有心思和精力后还是会感到怅然若失呢？虽然没找到正确答案，但也大概明白了一个道理：当我的尽力和别人的尽力碰撞时，有时会擦出火花，有时也会让我流下泪水，而这就是人生。

确实会有明明拼尽全力去做，得到的结果却还是不尽如人意的时候。随笔《或许是我最想听到的话》的作者郑喜才说，这种时候不能随意地向其他人说"你要尽最大努力"。

一个人的勇气和力量是有限度的，所以尽全力也是有限度的，不能以别人的全力为基准来判断我的全力。当有人说"为什么不再加把劲儿？"的时候，希望你不会因为这句话受到伤害。这时候我们最需要的是发自内心的安慰，以及一起携手努力向前。就这样，当我的最大努力和别人的最大努力相结合的时候，虽然过程中会有无数汗水和泪水，但最终一定会是开花结果的圆满结局。

对别人说"要尽全力，加油"的时候，也要向他伸出援助之手。如果他摔倒了，就把他扶起来；如果他感到疲惫，就和他一起分担，一起加油，并对他说"为了能让你更加努力，做到自己的极致，我也会在旁边尽全力帮你"。如果大家都能以这样的心意去帮助别人，尽自己最大努力的话，我们的生活会不会变得更加美好呢？我默默地期望着我们都能够成为支撑彼此的力量。

连我都不知道自己想要什么的时候

脱离日常才是真正的旅行

　　去"天堂之岛"夏威夷的决定说到底只是一时的冲动之举。翻开杂志，突然发现自己一次都没有去过夏威夷，于是直接预订了机票。又觉得既然去一次，就顺便想欣赏一下游客们无法轻易体验到的岛上的隐秘风景，于是，我特地花心思找了一家位于岛深处的民宿。在到达住处门口之前，我还一直担心这种地方会不会真的有民宿存在，但后来，我在那个地方体验了一个完全崭新的世界。

　　那是个一到清晨就会听到清脆的鸟鸣声，微风拂过草木的沙沙声，溪水涓涓流淌声的地方，而这一切声音组合在一起，就奏出了一曲和谐的乐章。你是否有过听着森林的歌声迎接清晨的经历？这个地方就能让你体会到。虽然这里也有不方便的地方，但是所获得的体验值得我去忍受这点不方便。如果问我为什么突然想要住在那种地方，答案可能是因为被马塞尔·普鲁斯特的这句话吸引了：

Chapter 2　当"加油"也无法给人安慰的时候

真正的旅行不在于拜访陌生的地方,而在于拥有新的眼光。

如果只是单纯想找个地方度假,毋庸置疑,在酒店或者度假村休息观光是再合适不过的选择,但自从读了这篇文章后,我对旅行的态度有了很大的转变。我开始重新寻找旅行的理由,不仅仅是去旅游景点观光,或是体验异国的饮食和文化,还开始思考怎样才能得到"新的眼光",去发现一些新事物。所以我决定住到平时绝不会选择住的地方,譬如隐匿在岛内深处的住所,在那里感受鸟儿是如何唱歌,树木是如何呼吸。

旅行给了我们脱离日常生活的别样体验,但我们终归有一天要重新回到日常生活中。如果能通过拍摄照片或视频留下美好的回忆固然很好,但是正如普鲁斯特所说,如果拥有发现新事物的眼光就更好了,那么即使旅程结束了,回归日常的我们也能够用之前的阅历丰富自己的生活。

我们小时候应该都看过安徒生童话,有《卖火柴的小女孩》《人鱼公主》《丑小鸭》等数百部作品。一提到童话作家,就总会有一种温柔又浪漫的印象,实际上,安徒生小时候家境贫寒,他还因自己的外貌产生过自卑感。他的自传作品其实就是《丑小鸭》，一则因为长得不一样而受到虐待和责难的丑小鸭在长大后意识到自己其实是一只天鹅，最终完美蜕变飞向天空的童话。我可以理解当时的安徒生是怀着怎样的心情创作这部作品的。

安徒生的作品中饱含他自己的人生哲学，呈现出人类社会与世界的多种样态。除了文学创作之外，他还有一件非常重视的事情，那就是旅行。他是众所周知的旅行狂热爱好者，曾说过"人生就是旅行"。一有空，他就会背上背包离家去旅行。安徒生的作品中经常提到有关旅行的话题也是这个原因。从二十五岁到去世前几年间，安徒生都没有放弃旅行这项爱好。为了脱离日常，为了躲避世上的流言蜚语，为了收集写作素材，甚至只是一时冲动，对于安徒生而言，旅行的理由有如此之多。

不知是不是这个原因，他的童话作品具有非常多样性的风格。通过旅行，他描绘出了更加丰富多彩的世界。旅行可以帮助我们体验在日常生活中无法体会到的事情，从而帮助我们拥有与众不同的视野。

"我们明天就得出发，要一年之后才会回来，但我们不能把你独自一人留在这里离开，你能和我们一起走吗？我力气足够大，可以轻松地载着你穿越森林，我的翅膀也足够强壮，可以带你飞越大海。"

"好。我们一起离开吧！"

Chapter 2 当"加油"也无法给人安慰的时候

这是因恶毒王妃的诅咒变成天鹅的王子们劝说妹妹艾丽莎一起离开时说的话。在这篇故事里，通过这场充满危险的旅行，艾丽莎终于找到了解开哥哥们诅咒的方法，最终有了一个幸福完美的结局。也许安徒生是想借这篇故事告诉大家：想要克服眼前的困难，有的时候需要站在远处看待它，即可以通过旅行去思考解决方法。

旅行的另一种魅力是情感交流，这也是和心爱的家人、朋友、恋人一起去旅行的理由。去陌生的地方旅行的话，在一起的时间会变多，也可以积累和分享共同的回忆。在旅行途中，你们可能会在某个特别的地方有许多与众不同的经历，而等你们回归到日常生活中后，这些经历会成为美好的回忆。旅行不一定非要去很遥远的地方，重点是和重要的人在同一时间和空间交流情感，促进彼此间的感情。

值得我铭记的不只是那时的温度、少年的微笑，还有在那之上的情感交流。以后去陌生的地方旅行时，如果碰到语言不通的情况，就买两个一模一样的东西，向其中一个倾注心意并将它递给对方，然后朝对方露出微笑就可以。

连我都不知道自己想要什么的时候

　　个人非常喜欢诗人李炳律的随笔《吸引》，因为这篇文章很好地表达了出发去旅行时应该持有的态度。它让我明白了旅行不是把自己当作游客，而是要把自己当作旅行地的朋友。就如同我们初次结交新朋友时一样，虽然有些拘谨，但只要真心相待，日后必然会变得亲密无间。如果能在陌生的旅行地结识新朋友，那么在旅行结束之后，那个地方于我而言就不再仅仅是一处观光地，更是一处我的朋友生活着的可爱又充满回忆的地方。

　　日常生活中的幸福很重要，但为了更加珍惜这种幸福，也需要偶尔从日常生活中脱离出来。乘坐火车或飞机去往远方的旅行固然很好，然而也同样可以选择到没去过的胡同散散步，去以前住过的地方或学校操场上走一走。

　　每天早上睁开眼的那一刹那，我们就会迎来新的一天。即将迎接我们的是谁都没有经历过的全新的一天。某种程度上讲，我们的人生本身就是一场旅行，这么一想就会觉得平凡的日常好像变得稍微有些不平凡了，也会因此产生把我们的人生旅程过得更幸福一些的想法。如果还有对旅行犹豫不决的人，我想将阿兰·德波顿的《旅行的艺术》中的一段读给他听：

Chapter 2 当"加油"也无法给人安慰的时候

事实上,旅行的目的地并不是问题,旅行的真正答案是出发。其结论就是:"无论去哪里!无论是哪里!只要是去见识外面的世界!无论是哪里都好。"

连我都不知道自己想要什么的时候

即刻出发去冒险

　　如果知道自己真正想要的是什么，就不要害怕做梦。如果想通过做喜欢的事情获得成功，只要能将想法付诸实践，不畏惧失败的话，就一定可以实现梦想。即便通往成功的路布满荆棘，有时会跌倒受伤，但人生原本就属于敢于追求梦想的那群人。

　　毕业后准备就业时期曾读过《三十岁的心理学》一书，读到这段话时我停顿了一下。虽然写得很好，但有一种过于简单直白的感觉。当我了解了作家金惠南的人生后，这种想法就完全改变了。

　　她曾是备受瞩目的精神科专家，不料在年仅四十岁时被诊断患了帕金森病，这消息对她来说简直是晴天霹雳。起初作者觉得人生太不公平，因此深受打击，卧床不起一个月。直到有一天，她突然产生了这样的想法——"可是还有很多我能做的事情，为

Chapter 2　当"加油"也无法给人安慰的时候

什么一定要像现在这样活着呢?"

重新振作起来的作者至今约有二十年的时间一直坚持接诊患者、抚养子女、写作和演讲。在所有人都可能会绝望的情况下,她并没有放弃生活,而是用自己的人生亲身传递了"不要害怕,要敢于做梦"的信念。"人生成功属于梦想家的分内之事"这句话也给了我很大的安慰和勇气。在准备就业的辛苦时期,我凭借着这句话给予的力量,没有迷失方向也没有被打倒,而是重新振作了起来。

梦想到底是什么呢?我们给这个单词赋予了太多意义。每个人梦想的大小、样态都各不相同,但所有的梦想都具有一个共同点,那就是它们都是我们对未来的期盼和渴望,就像儿时填写的未来愿望清单一样。

和别人一样,小时候我也拥有许多梦想。当然,当时的梦想最终一个也没能实现。相反,现在的我却实现了以前从未想过的梦想,那就是以作家的身份生活。大学时期我从未考虑过这些,和别人一样度过了平凡的校园生活,考了个普通的分数后进入大学服兵役,毕业后加入就业大军,入职公司后便开始了平凡且忙碌的上班族生活。

但如今的我一直以来都用"读书的男人"这个身份与读者分享好书、好文章,也出版了几本书,从事着作家这个职业。几年

连我都不知道自己想要什么的时候

前的我完全无法想象自己实现了现在这个梦想。

"承焕啊,我真希望日后你可以成为一名作家。"

二十岁左右的时候,有一位对我颇为照顾的修女说过这样一句话。直到现在,我偶尔也会回想起来,那是当她发现我有喜欢收集书中好的文章并拿出来与他人分享的爱好后对我说的话。然而,那时的我并没有把这话放在心上。在这之前,成为作家是我想都不敢想的事,因为对自己没有信心。但从某段时间开始,当我意识到自己的内心深处有一个渴望成为作家的梦想后,我终于鼓起勇气,提笔开始了写作之路。

如果我至今没有勇气去完成的话,如今会是怎样的局面呢?可以肯定的是绝不会有现在的自己。这也说明,在我们梦想着什么时,有一个恒久而重要的道理,那就是不要惧怕自己的梦想从而退缩,要勇于去尝试、去挑战。

> 你能经历的最大冒险,就是去过你曾经梦想的生活。

美国的节目主持人奥普拉·温弗瑞曾这样说过。在贫穷和暴力中度过痛苦的童年的奥普拉,在克服心理创伤后,经过不懈的努力终于实现了自己的梦想。现在的她给那些正遭受与自己相同

Chapter 2　当"加油"也无法给人安慰的时候

经历的人带来希望和勇气,给许多人传播生活中的正能量。

克里斯托弗·哥伦布被誉为人类历史上最伟大的冒险家之一。他的人物传记中最有名的应属《哥伦布的鸡蛋》这个故事。有一天,有个人对前来参加晚宴的哥伦布进行了一番挖苦嘲讽,称哥伦布只是因为运气好才发现的新大陆,要是换作他,照样也能够轻松取得同样的成就。听完这番话的哥伦布拿起放在桌上的鸡蛋说道:"这里有个鸡蛋,请问有谁可以把这个鸡蛋立在桌子上呢?"

很多人进行了尝试,但鸡蛋一直在桌子上倒下来翻滚,最终谁也没能将它立起来。这时,只见哥伦布拿起鸡蛋,轻轻地将其底部的壳敲碎,然后鸡蛋平稳无比地竖在了桌子上:"好,现在大家应该都知道如何把鸡蛋立起来了。但是看起来再容易的事情,想要实现第一次的成功,对谁来说都是不容易的事情。"

也有人说这个故事原本不是发生在哥伦布身上的,不过不管怎样,我们都能够从中吸取一个教训:梦想不能只在脑海中想象,要直接将它付诸行动。只有鼓起勇气,冒着风险为实现梦想而努力的人才能把它变为现实。

每个人的心中都有梦想,也都想过追梦的生活,但如果迟迟不付诸行动的话,梦想也就仅仅只是一个梦而已。因此,重要的是有身体力行的意志。就像经历了许多困难后仍然坚持心中梦想

连我都不知道自己想要什么的时候

的哥伦布和奥普拉一样，没有谁的梦想可以一蹴而就，它需要我们一点一点脚踏实地地走下去。一定要有坚持不懈的精神和沉住气一步步走向终点的决心，就和向着终点不断前进的马拉松选手一样。

有时你会发现，周围有些人会说自己也不知道心中的梦想是什么。这是有可能的，因为我也曾有过这么一段时期。

其实我们都非常清楚，最好的梦想已经在我们心中，只是没有迈出第一步的勇气，或者还没有能够付诸实践的契机而已。生活中有些时候会需要一个扮演人生导师或榜样的角色存在，因为他们能够给我们指引正确的人生方向，但同时我也坚信，即使没有这样一个角色存在，或者即使有，也没必要时时刻刻听从他们的意见。

重要的是从周围人提出的建议中选择适合自己的，将其完全吸收内化为"我的"。即使前人的经验再好，也没办法保证我们可以完全借鉴复制。因此，别人的成功案例再优秀，我们也需要开辟出适合自己的新道路。

要一直心怀梦想，心怀专属于自己的梦想，那种不需要在意别人眼光的、内心最渴望的梦想。就算别人说的那条道路看起来更平坦、更顺利，而自己选择的道路会更加艰难曲折，有时候我们也要学会冒险，因为幸福终归不是效仿别人就能够得到的。

Chapter 2　当"加油"也无法给人安慰的时候

愿你堂堂正正地去追梦。

愿你能够肆意想象,无论是什么样的梦想。

梦想不一定要宏伟,

就算只是和心爱的人或朋友

每天相约一起喝茶、聊天说笑,

或是结束每天的工作后

舒舒服服地躺在床上休息,

这些都可以成为你的梦想。

无论你的梦想是什么,

愿你每天都能享受实现梦想带来的幸福。

连我都不知道自己想要什么的时候

人生是一种记忆

"希望你能够记住我。记住我曾这样活过，曾这样在你身边存在过。"

"当然，无论何时我都会一直记得。"我回答道。

村上春树的《挪威的森林》这部作品中，主人公渡边和直子进行了这样的对话。谁都会有过想永远被人记住的瞬间，我们究竟为何能够记住过去的时光，以及当时体会到的喜悦、悲伤、依恋等情感呢？也许是因为我们无法轻易抓住时间吧，虽然想要把珍贵的回忆长久地留存在脑海中，但随着时间的流逝，原本留存的记忆会渐渐变得模糊，就像渡边所说的那样：

我已经忘记了太多事情。每次想边回忆边提笔写字时，心中总是惴惴不安。有时甚至怀疑自己会把最重要的一部分记忆也遗忘掉。

Chapter 2 当"加油"也无法给人安慰的时候

　　谁都有想一辈子记住的回忆，包括我在内。对于我而言，最想记住的是儿时在郁陵岛奶奶家的一段记忆。

　　虽然现在记忆变得模糊了很多，但那段时光里发生的事却在我记忆中留下了别样的印象。记忆中的画面就是每天早晨都会有鸟儿鸣叫，而我在草木花香中自由地玩耍。在那里连闹钟都不需要，每天轻快的鸟叫声和温暖的阳光会慢慢唤我起床。一觉醒来后，我就静静地坐在院子里，把注意力放在扑面而来的东西上。小院子里随处可见盛开着的形形色色的映山红和不知名的花，花草树木芬芳四溢，蝴蝶、蜜蜂和其他昆虫忙碌的身影也映入眼帘。于是，看似寂静无声的庭院就变成了所有生命都在生动呼吸的鲜活景象，好像所有的事物都在亲切地向我打招呼。

　　在那里度过的每一瞬间都是美丽而平和的。我好像变成了被龙卷风卷走后抵达魔法王国奥茨的多萝茜一样。白天我会拿着和自己身体一般大的塑料盆追赶麻雀，为了抓草地里的昆虫会整天在草地上打滚。后来，树木和花草、小狗和小猫、阳光和微风都成了我的好朋友。之所以觉得那段回忆相比其他回忆更加珍贵，更加令人怀念，是因为它也是我和已经去了天国的奶奶一起度过的时光，所以它在我心中成了永远不想忘记的灿烂的记忆。

　　自从奶奶去世后，我已经有很长一段时间没去过那里了。长

连我都不知道自己想要什么的时候

大成人后再次去到郁陵岛，我心中还担心它现在和印象中的模样可能会有很大不同。真正见到的时候，我发现事实果真如此。记忆就好像出现了一个窟窿，因为眼前的景象和小时候感受到的满足感相差甚远。虽然内心感到有些失望，但也很快接受了眼前的现实。随着岁月的流逝，现在的郁陵岛有着与童年记忆中不同的美，它会以另一种全新的印象留在我的心中。

小说家加夫列尔·加西亚·马尔克斯在自传作品《活着为了讲述》中写道：

> 生活不是一个人活过的日子，而是一个人存于脑海的记忆，为了讲述这段生活的记忆……生活是一种记忆。

让人不由自主面带微笑的幸福记忆，令人痛心的记忆，到达旅行目的地时激动人心的感受，无数不同的记忆构成的就是我们的人生。

所谓幸福的人生，就是留下许多珍贵回忆的生活。想要留存更多珍贵的回忆，就必须忠实于眼前的每一瞬间，与心爱的人一起做喜欢的事情。让我们从此刻开始，为了记住生活的每一个瞬间而努力。

人生不会如我所愿地

Chapter 2　当"加油"也无法给人安慰的时候

一直留存幸福快乐的记忆,
有时也会有伤心难过的事情。
曾令人难受到喘不过气的回忆
一直折磨着我们的内心。

幸福的回忆都来不及治愈,
我们就瞬间被冲到了忙碌的生活中。
想保留住所有美好的回忆,
可虽然已经竭尽全力,
现实却仍然不尽如人意。

这时我们需要做的就是不纠结于过去,
从此刻开始,充实地度过今天。
每天回环反复的此时此刻,
随着时间的流逝,又会成为另一段过去的回忆。

愿你的人生充满
美丽而耀眼的瞬间。
请小心地
将这些回忆珍藏在心中,
充满活力和希望地向前走下去。

连我都不知道自己想要什么的时候

尚存的关系，尚存的回忆

很多人应该都听过"人是靠回忆活着"这样一句话。回忆具有奇妙的魅力，越是乐于和他人分享，人生就会变得越来越丰富多彩。不一定只有美好的，那些曾让我们难过受伤的记忆随着时间的流逝也会慢慢成为回忆。就这样，我们每天都在创造着很多回忆。

回忆如同一个宝箱，打开的那一瞬间之前谁都不知道即将出现的是什么，总之，它肯定会装着令我们欣喜的珍贵的东西。现在的你拥有什么样的宝箱呢？于我而言，年幼时的记忆尤其印象深刻。有一首诗恰如其分地表达了我内心的感受，这首诗就是李海仁修女写的《回忆日记2》。

　　　　一天中有好几次是这样
　　　　每当我打开抽屉时
　　　　就会怀念起

Chapter 2　当"加油"也无法给人安慰的时候

童年的秘密抽屉

那时打造一个秘密抽屉
是出于
想要得到关注的虚荣心吗?

给洋娃娃裁剪的衣服
收集的各种碎布彩纸
记录未来梦想和童话故事的
笔记本和短头铅笔
将抽屉塞得满满当当

我童年的抽屉
是个百宝箱
连藏匿其中的黑暗都令人心动

漫长岁月已飞逝的如今
我的抽屉里
徒留无用的涂鸦和灰尘
只有我寂静的哀愁
堆积满溢

连我都不知道自己想要什么的时候

不会有任何担忧和烦恼的天真烂漫的岁月，时至今日，我仍时常怀念那再也无法回到的过去。那时的我对周围的一切都感到好奇，即使很小的事情也能让我哈哈大笑。那是一段"连黑暗都让人心动"的日子。然而，为什么现在的我却被无数忧愁和烦恼淹没了呢？

能够安抚现实所带来的疲惫感的也是回忆，它能把过去的事情变成美好的故事，为现在的生活注入活力，激励我们勇敢地走向未来。只要不失去勇气，我就能从熬过来的痛苦回忆中得到新的领悟和能量。那么，我们应该如何看待这些回忆呢？我在读一篇小说时看到了这样一段文字：

> 不见面的人和已逝之人没什么区别，只活在回忆里的人终有一天会死去。这个世界上什么事都有可能发生。虽然现在的我和你一起牵着手，但也有可能哪一天我们分手了，之后一生不再相见。总之，我想表达的是，无论有什么事情，要多找机会与喜欢的人或重要的人见面。

这是金城一纪在《恋爱小说》中写的一段话，他是直木奖最年轻的获奖作家，也是我个人非常喜欢的一位作者。这段文字

Chapter 2　当"加油"也无法给人安慰的时候

中,我尤其喜欢前一句。

他说生活中需要的不仅仅是回忆,更重要的是着眼于现在,也就是真心相待和自己一起创造回忆的人。如果有喜欢的人,就要努力和那个人共同创造回忆,为了成为彼此重要的存在而竭尽全力。

我们心中的回忆可以分为两种:一种是与再也不会相见之人的"死去的记忆",另一种是与一直有联系的人建立的"活着的记忆"。二者之中能让我们的生活更加丰富多彩的是哪一种呢?当然是后者。

我们要和喜欢的人努力保持联系,这样才能以共同的回忆为媒介一起聊天交流情感,并不断积累新的回忆。要想建立这种鲜活的关系,需要每个人都为之努力,否则就算再亲密深厚的感情最后都可能无疾而终。

最近有位老朋友的母亲去世了,我前去参加了葬礼。我们之间已经很久未联系,也说不上是非常亲近的朋友,但因为我能够理解这种难以言喻的悲伤,希望能给这位朋友带来一丝安慰的力量,于是带着沉重的心情去了灵堂。在那里,我见到了久违的朋友,他的面色看起来苍白又憔悴,但情绪还算稳定。哀悼仪式结束后没多久,朋友走到我旁边对我说:"谢谢你,承焕。"

看着他强忍悲伤后露出的笑容,我心中五味杂陈。正想着到

连我都不知道自己想要什么的时候

底要说些什么才能安慰到他的时候，朋友对我说：

"真的好久没见面了啊。即使是以这种方式，能在有生之年再见一次面也挺好的。"

虽然因为时间原因我们只能简单聊几句，但他说过的"在有生之年再见一次面也挺好的"这句话却一直回响在我耳边。

确实，经常保持联系是一件很重要的事。我们总是理所当然地认为值得珍惜的人会一直陪在我们身边，殊不知，不见面的关系就不能算是鲜活的人际关系，而见面就是建立关系的最重要的方式。通过金城一纪的作品和前面提及的老朋友见面的事，我对此有了更为深刻的体会。

只是在手机通讯录或是社交软件好友列表中保存一些名字，如今的我们采取更多的是这种不会在同一空间面对面交谈的僵硬的交流方式。虽然可以随时随地收发信息或者给好友"点赞"，但比起这些，在同一空间面对面地聊天，彼此分享温暖不是更重要吗？这种方式应该会让我们的生活更生动一些吧？

现在的你会选择哪种方式度过一天呢？会不会只是在口头上和别人说说"找时间见一面，一起吃顿饭吧"这种话？曾经的我也会经常说这种空话，但现在的我却认为，如果你觉得有必要珍惜一段关系，就要努力去维持，要主动约对方去实际见面。

见面需要很大的决心，其用心程度是一条短信、一通电话

Chapter 2　当"加油"也无法给人安慰的时候

所花费的心思无法比拟的。为了见一次而做准备的时间、去赴约而花费的路程时间,以及见面后一起度过的时间都是为对方专门安排的,所以会显得无比重要。与某人见面就意味着愿意花费如此多的心思。我们需要的是那种对于想见的人,无论有什么事都要见到的决心。当然,为此我们也许会承受许多,但比起付出,我们将收获更多。通过那些共度的时光,我们会慢慢积累起许多温暖的共同回忆。不仅仅是那些幸福快乐的事情,那些令我们伤心难过的事,只要有人愿意和我们一起分担,也将成为美好的回忆。

荷马史诗《奥德赛》中有这样一句话:

> 同志们,我们对灾难并非一无所知。想想看,这件事总有一天会成为我们的回忆。

《奥德赛》这部史诗巨作讲述了特洛伊战争中的英雄将领奥德修斯为了回到故土而在海洋漂流了十年的故事。奥德修斯和同伴们在漫长的旅程中经历了各种波折,前面引用的那句话就是奥德修斯在面对拥有巨大破坏力的漩涡海怪卡律布狄斯和拥有六个头的食人怪斯库拉脱险成功后,为了安慰同伴所说的话。至今西方都会用"夹在斯库拉和卡律布狄斯中间"来表达进退两难、四面楚歌的境遇。

连我都不知道自己想要什么的时候

对于经历了生死攸关的劫难重获新生的人来说，能够给予他们安慰力量的也是回忆。正如奥德修斯所说的"一切苦难终将成为回忆"，他的这句话给正在经历艰难时期的人带来了生活的希望和勇气。

回忆越是空间化，就越能够根深蒂固，恒久不变。

哲学家加斯东·巴什拉曾在作品《空间的诗学》中对回忆进行过这样的描述："亲密关系的稳定程度由在同一空间相处的时间长度决定。"

从这个逻辑来讲，关系应该是一个"动词"，而不单单只停留在"家人""朋友""恋人"这些名词的意义上。要不断创造并共享彼此相处的空间，不然任何重要的关系都将失去意义。试想一下，见个面、吃顿饭都很难的家人，彼此无法吐露真心的朋友或恋人，这些关系又有什么真正的意义呢？

高中时期，我和父亲的关系就比较疏远陌生。因为工作性质，父亲需要经常在外出差，当时我一个月最多只能见到父亲一次。不知是否是这个原因，虽然父亲一向对我慈眉善目、和蔼亲切，但我仍然觉得我们父子之间有距离感。有时父亲会对我说："儿子，要不要一起说会儿话？"但我只是语气生硬地回答：

Chapter 2　当"加油"也无法给人安慰的时候

"好像也没什么特别值得说的事。"

我和父亲的关系渐渐缓和,是从在同一空间分享彼此的兴趣开始的。为了变得亲近,我们会空出时间与家人一起吃饭,一起去露营,共同创造一些新的回忆。终于,我开始和父亲倾诉内心的想法,渐渐地也明白了从前无法理解的深深的父爱。多亏这样,现在我们父子的关系非常和睦融洽,可以自由自在地谈天说地,分享许多共同创造的快乐回忆。

珍贵的回忆不仅仅属于过去,此时此刻及未来都能够与值得珍惜的人共同创造。越是亲近的关系,越需要努力积累各种回忆。这个过程中最重要的是要做到不断地见面,努力创造彼此可以共同相处的空间。

为了此刻正在流逝的今日也能在遥远的将来留下美好的回忆,我希望你能尽可能多找机会与身边的人创造珍贵而美好的幸福瞬间,因为回忆专属于那些至今仍在保持联系的人。

连我都不知道自己想要什么的时候

蓦然浮想起的面孔

　　有时候会突然记起一些东西，记起来的可能是曾经感受过的一些情感，如思念、孤独、快乐或悲伤，也可能是某个人、某件事或某种欲望。这些在一瞬间记起来的事情也许会让我们的生活变得更好，就像手机闹钟会提醒我们遗忘在脑后的日程一样，它能够提醒我们去思考自己内心的真实感受和渴望。

　　我经常会记起人们的面孔，尤其是那些我喜欢和珍惜的人的面孔。似乎并不是我一个人如此，描写爱情的诗中经常会有"蓦然"一词。这个词给我一种奇妙的感觉，光是想起来就心潮澎湃，脑海中就会浮现出很多过去的事情。当我在阅读过程中看到这个词时，它会让我立刻陷入与之相关的回忆中。

　　当你看到美好的事物或品尝到美味的食物时，是否会有突然想起某个人的时候？如果有，我想接下来分享的这首诗能触及你的内心：

Chapter 2　当"加油"也无法给人安慰的时候

目睹美好事物时
如果会想,要是那个人在身边
能和他一起分享该有多好
那说明你爱着这个人

在秀色可餐的风景
令人垂涎欲滴的美食面前
如果有人真的无人可想
那这个人的内心不是无比强大
就是极度孤独

为了让钟声响彻云际
钟要承受更深刻的痛

　　这首诗是由诗人李文宰创作的《玩笑》,是一首以人际关系为主题的优美诗作。正如诗中所说,如果你会在看到美食时想和某个人一起分享,或者即使不能,也会拍照发送给心中想要分享的那个人,那么这就是一件令人感到幸福的事。如果恋人、家人、朋友都是你想要分享的对象,那就说明你热爱着许多人,过着非常快乐的生活。

　　"在秀色可餐的风景、令人垂涎欲滴的美食面前,如果有

连我都不知道自己想要什么的时候

人真的无人可想，那这个人的内心不是无比强大，就是极度孤独"，诗人所写的这句话深深打动了我。我也有过这种感受，在欣赏美景、品尝美食的时候，自己身边居然没有可以一起分享喜悦的人，这个事实让我感到悲哀难过。诗人在结尾写道："为了让钟声响彻云际，钟要承受更深刻的痛。"这让我明白了再辛苦也需要用回忆安抚情绪，即使那份回忆是令人难过或痛苦的，它也有存在的意义和价值。

我非常喜欢读诗，阅读诗的过程于我而言就像是聆听丛林中寂静的虫鸣声，偶尔会给予我一些灵感。我一直很好奇，为什么只有欣赏诗作时会有这种感受，看电影或小说时却不会如此，直到有一天，我读了许秀京的随笔《走过没有你的路》后才恍然大悟。

> 品读诗作的时间，对我而言其实是寻找曾经丢失的记忆的时间，是让我重新找回并回顾遗失记忆的一段时间。

2012年至今，我都在以"读书的男人"这个身份在网络平台上分享优秀的文章，或者推荐好的书籍，初衷是想和别人分享那些曾经给过我安慰的温暖文章。

Chapter 2　当"加油"也无法给人安慰的时候

一开始上传的都是些篇幅短小的文章，我心中总觉得欠缺点什么。能够让大家更加专注于文章，更容易产生共鸣感的是什么呢？苦思冥想中，我突然想到了照片。将喜欢的文字与适合做背景的图片一起上传分享的话，就能够更好地传达文章所要表达的思想。其中，诗人郑容哲的《突然有一天》这首诗是我将图片与文章一起结合上传分享的第一篇文章。

突然有一天
心中产生了这样的想法

虽然自认为自己做得很好
但在别人眼中不一定是这样

虽然自认为自己谦逊有礼
但别人可能会认为我傲慢无礼

虽然自认为自己十分信任他
但他可能会觉得自己受到了怀疑

虽然我正深爱着某个人
但那个人可能会毫无所知

连我都不知道自己想要什么的时候

  虽然我在努力为了离开而善后
  但他可能会认为我是为了留下而在故意拖延

  虽然我仍然在等待
  但他可能已经忘却

  虽然我认为这是正确的
  但别人有可能觉得那样才对

  正如我的名字和别人的名字不同
  正如我的一天和别人的一天也不同
  我们彼此的想法很有可能也是不同的

  当我们知道每个人的想法都各不相同时,彼此间可以建立更好的关系。事实上,人与人之间如果不会有感情或利害关系冲突的话,大部分情况下我们都能维持友好的关系,然而,如果有感情或利益上的冲突,就很容易导致矛盾产生,严重时甚至有可能导致彼此间的关系破裂。
  每当我在某种关系的处理上受到伤害时,都会用这首诗安慰自己,反省自己。比如,对自己说"每个人的想法都各不相

Chapter 2　当"加油"也无法给人安慰的时候

同""看待事物的心态再宽容一点吧",通过这种安抚自我的方法,我在心里建立了属于自己的待人处事的标准。

我们每天都在很努力地生活,虽然有时会对一成不变的日常感到枯燥和疲惫,也会面对许多辛苦的事情,但同时,我们也会在生活中遇到许多微小而珍贵的瞬间。我知道生活中不可能只有令人开心的好事发生,但如果有些事让你觉得"啊,我真的在很努力地生活"或是让你突然发现了自己周围的闪光点,那就意味着你的人生是充实而富有意义的。

一天下班时,我望着街边的行道树,心中莫名生出了一股悲凉感。那一排排形状相似的树木,就如同我们彼此的生活一样。大多数人的人生都是相似的,按部就班地上学读书,毕业工作,结婚生子。这样千篇一律的生活真的是我们渴望得到的幸福吗?我迈着沉重的步伐继续向前走,直到发现了路边冒出来的看起来十分突兀的树根,它引发了我对人生的进一步思考。我们的人生其实就和行道树一样,表面上看起来都是精心修剪后的相似模样,可土壤深处的树根却以不同的方式让自己站稳了脚跟。

我们人类的样子是否也与之相似?表面上看都呈现出符合社会标准的相似模样,但内心却有着各自不同的特性。只要树根坚实,凋零的枝叶总有一天会发出新芽。人也是如此,只要我们找到并培养各自内在的无限可能性,总有一天我们也能彰显属于自

连我都不知道自己想要什么的时候

己的个性与魅力。

> 我希望你的身边能有一个
> 一想到他就能不由自主地
> 露出微笑的人。

> 与此同时,
> 也希望你对于其他人来说也是这样的存在。

> 如果我们的身边有这样一个人,
> 我们自身也成为别人生活中的这种存在,
> 仅凭这一点就能断定,
> 我们的人生是有意义的。

Chapter 2　当"加油"也无法给人安慰的时候

夜深而至

　　沉浸于无尽的黑暗，在无法轻易逃脱的寂静中蜷缩着身子，呆呆地望着地面。原来在如此漆黑的地方，也有能够看到的东西。地面黑得像透明的水一般纯粹，却无法探知它的深度，随意踏入说不定会坠入无底深渊。于是我悄悄地与黑暗对话，问它这个夜晚什么时候结束，自己孤独又冰冷的心什么时候才能获得解脱，但是夜晚不发一语。

　　每一次，夜晚都以不同的面貌向我们走来。有时寒气逼人，有时又温暖如春。一到晚上，脑子里就会自动产生许多想法，不管好的坏的全都一股脑儿涌上来。在试图整理思绪的过程中，困意会在不知不觉间消失，眼睛也会变得越来越有神。

　　　　没有比人的瞳孔更深邃的黑暗了。没有这无尽的黑
　　　暗，人的眼神不可能如此有神，只要看着那个眼神就能
　　　活下去，在反复的思考中获得重生。选择活下去的人生

连我都不知道自己想要什么的时候

要更加艰难。为了活下去,需要有如炬的眼神、炽热的心,以及牵着某个人的手共同走过黑夜的勇气。

作家韩贵恩的《夜行文摘》中收录了许多关于夜晚的文章,我尤为喜欢其中的这一篇。没有比人的瞳孔更深邃的黑暗,因为黑暗才会复活,才会有活下去的信念。越是深夜,天上的月亮和星星就越闪耀。同样的,我们的生活越是黑暗,一些有价值的东西就越闪亮。

其中有一个就是感性。神奇的是,一到夜晚人就会变得更加敏感。沉浸在安静的氛围中,有时会想起某个人的脸,此时我们脸上的表情可能是寂寞或思念,也有可能是喜悦。夜空中的月亮尤其明亮的夜晚,我想起了一首诗,那就是诗人金龙泽的《给我打电话说月亮升起来了》。

> 居然给我打来电话说月亮升起来了
> 这个夜晚让我感到欢快而美妙
> 我心中也前所未有地
> 升起了明月
> 映出山脚下小村庄的倒影
> 这迫切的思念
> 和涌上心头的爱恋

Chapter 2　当"加油"也无法给人安慰的时候

我想通过月光
传递给你

天啊
居然给我打来电话说
江边的月色很美
忽然传来了
波光粼粼的水面上明月闪耀的声音

"居然给我打来电话说月亮升起来了",只是静静地默念这句诗,不知为何心中就会感受到一股温暖的力量。即使再寒冷的夜晚,如果能与这样一首诗和一个会因月亮升起而打电话给我的人共度,也会感受到无尽的温暖。

夜晚会滋生出更多爱的情愫。大部分告白的信不是在白天,而是在深夜创作出来的。我也一样,会在深夜想着心里惦念的人,在日记本上写下文字,或者写一封能够表达内心情感的信。大多数人都会因为羞于再读一遍自己在深夜写下的内容,索性直接在天亮前寄给对方。虽然现在无法再感受当时的情绪,但一想到那些不眠之夜,嘴角还是会不由自主地扬起。

现在的我也是主要在晚上进行写作,这可以说是我的一个老

连我都不知道自己想要什么的时候

习惯了,因为被只属于夜晚的魅力吸引。对于我而言,不管阅读还是写作,在白天进行和在晚上进行我的感受是不同的。当然,有些打动人心的书我会一口气读到天亮,但有些书读不上几页就很快合上了。不管是哪一种情况,我都非常喜欢可以让我随心所欲的、只属于我的夜晚。

有一天和朋友聊起关于阅读的话题,我认为认真阅读一本书其实需要付出巨大的努力,因为阅读与只需静静观赏的视频不同,一张一张地翻页阅读完全取决于我们自己。所以我在向别人推荐阅读一本书时,会和对方说没必要感到有负担,不需要一次性把它读完,一天只读一两页也好,一两篇文章也行。虽然只是一篇文章,但只要能给你带来感动和感悟,它就远比读几本没有带来任何感想和思考的书更有价值。在此我想为那些夜深人静却尚未入睡的人推荐一首诗:

  偶尔会为了寻找你而深入地底
  在潮湿沉闷的地下寻找停留在时间边缘上的你
  想要寻找到你

  逐渐深入地底深处
  看看那些树根吧,地上植物的母亲们就像纤细的神
 经线一样

Chapter 2　当"加油"也无法给人安慰的时候

把美丽的宝石挂在晾衣绳上

通过时间的薄幕,许多看起来像红宝石或蓝宝石一样的东西

眼泪般散落在地上闪耀着

偶尔会为了寻找你而深入地底

因为想回到除了爱一无所有的岁月

所以把头伸到了地下的水流中

想要感受像玻璃破碎般清晰的头痛

当你的眼里满含泪水时

大地承载着的那么多的地下水流又多么想哭泣啊

海洋中有那么多的水将地球拥抱环绕

也许当你躺在夜色里流泪的时候

干枯的沙漠会默默地朝你走来

有可能会开口对你说

我爱你。就是你的眼泪,乘着地下水来灌溉我的吧

这首诗出自诗人许秀京的《致夜色中的你》。从1992年移居到德国,一直到去年去世为止,她都一直坚持创作。许秀京所写

连我都不知道自己想要什么的时候

的许多诗和随笔描述的都是作为异乡人在陌生国度生活时的孤独和对故土的思念之情。她是我非常欣赏的一位作家,令人感到惊讶的是,作者当时在德国研修的是考古学。也许正因为如此,我才会更加喜欢这首诗作。地下也是和夜晚一样黑暗的地方,但诗人在文中将眼泪比作美丽的宝石。即使在潮湿沉闷的地下也心怀希望的乐观心态让我尤为感动。

一般在夜色降临之后,孤独的感受会更加深切。白天会在快节奏的生活中忙碌得晕头转向,但到了晚上大部分都是自己一个人独处的时光。即使有人陪在身边,可当你最终入睡后还是会成为一个完全独立的个体。沉浸在夜色中时,我们会感到自己仿佛身在潮湿阴暗的地下,与此同时伴随而来的还有对过去一天的遗憾和对明天的恐惧。

但愿即使深夜来临,我们也能够依旧相爱,并且坚信会有照亮黑暗的东西存在。

> 这个夜晚,即使孤独会降临身边,
> 相信你能够战胜孤独,像月光和星光一样闪耀。
> 我们可以把照亮夜空的月亮和繁星当作朋友迎接,
> 所以望你不要太过伤心,变得快乐一些。

Chapter 2 当"加油"也无法给人安慰的时候

你要坚信,只凭活着来到这个世界上这一理由,就能够证明自己是一个充分值得被珍惜的存在。

至少这个夜晚,你很清楚地知道这一事实。

连我都不知道自己想要什么的时候

现在，此刻的时间

"记住你终将死去！"

这是我们熟知的拉丁语格言"Memento mori"。任何人都无法逃避的就是死亡，像中国的秦始皇或埃及法老等拥有过至高权力的人也曾梦想过长生不老，但最终都未能如愿，在死亡面前只能无力地倒下。

虽然我们很清楚地知道这个事实，但平时几乎都是无视的，甚至已经闯过几次鬼门关的人也是这样。大家都只把这视为非常遥远的一件事，而从来不认为它是一个现实问题。有可能是因为光是每天的生活就已经让人喘不过气了，或者是因为不想面对便故意回避，只希望它能避开自己和身边的人就好。

前面提到的拉丁语格言是古罗马时代大型战争结束之后迎接凯旋的将军时使用的。乘坐着白马牵引的战车，在市民们的欢呼声中进行街道游行时，将军背后的奴隶会大喊这句格言。这是一篇蕴含了不论取得多大成功的人都不要骄傲自满，要一直谦逊的

Chapter 2　当"加油"也无法给人安慰的时候

智慧的故事。

死亡一直都在身旁的这个事实并不只会带来负面影响,因为它也会提醒我们,让我们知道眼前时间的珍贵。如果谁都不会死去而获得永生的话会怎样呢?也许人生的价值会大打折扣。即使一开始想做某些事情而下定决心之后,也会以"不一定非要现在做,以后做也完全可以"为由推迟。最终,人们每天的生活都将毫无意义地度过。因为人的生命有尽头,所以我们才会珍惜现在的时光。每当说起"此时此刻"的重要性时,我都会以一首诗作为介绍。

> 同样的事不会发生两次。
> 因此,很遗憾的
> 我们未经演练便出生,
> 也将无机会排练死亡。
>
> 即便我们是这所世界学校里
> 最愚钝的学生,
> 也无法在寒暑假重修。
> 这门课只开授一次。

连我都不知道自己想要什么的时候

没有任何一天会重复出现,
没有两个一模一样的夜晚,
两个完全相同的亲吻,
两个完全相同的眼神。

昨天,我身边有个人
大声喊出你的名字,
我觉得仿佛一朵玫瑰
自敞开的窗口抛入。

今天,虽然你和我在一起,
我把脸转向墙壁:
玫瑰?玫瑰是什么样子?
是一朵花,还是一块石头?

你这可恶的时间,
为什么把不必要的恐惧掺杂进来?
你存在——所以必须消逝,
你消逝——因而变得美丽。

我们微笑着拥抱,

Chapter 2　当"加油"也无法给人安慰的时候

试着寻求共识,

虽然我们很不一样,

就如两滴纯净的水。[①]

这首诗的名字叫《不会发生两次》,作者是1996年获得诺贝尔文学奖的波兰诗人维斯拉瓦·辛波斯卡。每次读这首诗都会让我产生深沉的共鸣。想要推迟重要的事情的时候,我就会想起这首诗。

既然没有重复的一天,没有相同的夜晚,没有相同的亲吻,没有相同的眼神,那么我们就应该每次都像第一次一样竭尽全力地去迎接它们。比如,在对待自己爱的人时,不能因为熟悉习惯而疏忽冷落,要像刚开始喜欢上时一样照顾和珍惜,真诚地表达出自己的情感。

每当聊起这种话题时,我都会想起一个令我羞愧的回忆。在大学时,天气已经变得非常冷的某个秋天,难得和朋友们定好时间和地点聚一聚,但是还有课题没完成的我提前去了附近的咖啡厅。就这样做了许久课题后,突然有人拍了拍我的肩膀。约好一起聚会的一个朋友发现了在咖啡厅的我。就这样,我和那个朋友

[①] 引用陈黎、张芬龄译本。

连我都不知道自己想要什么的时候

一起去了约定的地方。大家全部到齐打算去吃饭的时候,先在咖啡厅见到的那个朋友和我搭话。

"承焕啊,你还记得上次去你家玩的时候吗?"

"嗯,怎么了?"

"你的父亲和我们每个人都握了一次手,他的手可真暖和啊。"

"好像是那样吧,但是这有什么?"

朋友突然提起父亲,这让我觉得很诧异。但是听到朋友紧接着说的话,我的脸一下子就红了。

"不是,你在咖啡厅也是这样,现在也是,手一直放在裤兜里,一次也没拿出来,连个招呼也不打。小子,就算我们之间很亲近,但是见面的时候也要高兴一下啊。"

我感到有些羞愧,因为以亲近和熟悉为理由,对这些珍贵的人一直疏忽对待是事实。之后我就下定决心,要像父亲向只短暂见一面的儿子的朋友伸出温暖的手一样,始终以真心对待他人。

前面,虽然辛波丝卡对我们说没有什么会发生第二次,但是相反的,也有人讲过生活是永远重复的,这个人就是哲学家尼采。他在《快乐的知识》这本书中通过"永恒回归"这个概念,向我们提出了重要的问题。

Chapter 2　当"加油"也无法给人安慰的时候

你要重新生活你正在生活的、生活过的这个人生,并且还会重复无数次。那里没有新事物,所有的痛苦、快乐、思想和叹息,你人生中所有无可言喻的大大小小的东西都会重新找到你。所有都会以相同的顺序……你愿意再次过这人生,并无数次重复地生活下去吗?

尼采抛出了这样一个问题。时间是无数次重复的这个观点和辛波丝卡的时间是不重复的这句话虽然看起来是完全相悖的,实际上传达出的信息却是相同的。尼采所说的永恒回归,并不是说像游戏一样可以重新回到过去,做出其他选择,而是指就算不改变现在的选择的情况下,永远重复下去也不后悔,所以要尽全力进行选择的意思。也就是说,"此时此刻"的时间对于我们来说是独一无二的和最重要的。"爱命运"(Amor fati),尼采所说的要爱自己命运的这句话也能以这个逻辑进行理解。

我们所有人都活在现在,没有一个人例外。准备好未来固然很重要,但如果从此时此刻摆在眼前的生活中错过太多东西,甘于牺牲的话,真的会是幸福的人生吗?谁都不知道留给我们的时间还有多少。

忠实于现在,做最快乐的事,用温暖的心对待我们身边的人,那么人生肯定是美好且有价值的。不会发生第二次的唯一的人生也好,就算永远重复也不后悔的人生也好,我们难道不应该

连我都不知道自己想要什么的时候

竭尽全力去度过此时此刻的生活吗?

   现在开始,请让我们把明天的事情交给明天,
   过着现在的生活吧!

   明天的担忧就交给明天,
   抓住今天的幸福吧!

Chapter 3

要珍惜的人,要远离的人

梳理自己的人际关系

Chapter 3　要珍惜的人，要远离的人

回首过往，一直都是一个人

相信没有人愿意体会被全世界抛弃的感觉。在人际交往中，当自己付出的爱没有得到回应，或者认为自己没有得到别人的关怀时，我们就会觉得心灵受到了巨大的打击和伤害，觉得这个世界上没有人能够理解自己。即使有亲人和朋友陪在身边，也还是会觉得心底空落落的。

有时也会感到无尽的空虚感和孤独感，觉得所有事情都像泡沫般毫无意义，人生也漫无目地随着江水东流而去。不管做什么事，回头看好像都是一个人的感觉，任何安慰都难以奏效。

我也曾体会过许多次这种虚无感。人们总会跟我说，身边有那么多人陪着，怎么会觉得孤单呢？可一旦和大家在热闹的氛围中度过一天后，独自回家的路上总是会感到无比寂寞。在一段感情经历中受到伤害后，也曾以为自己再也无法对别人付出真心。大学时期，作为文娱讲师进行活动的时候我也曾有过相似的感受。虽然在舞台上得到了许多欢呼与掌声，但下了舞台后立刻就

连我都不知道自己想要什么的时候

会被深深的空虚感淹没。求职困难时期的我，也曾一度认为自己是世界上最没用的人。

谁都有无法理解自己的那些日子，不，应该说是就连自己都无法理解自己而感到人生索然无味的日子，以及无论是我爱的人还是爱我的人都无法理解我的那些瞬间。我们不可避免地会经历这种回首时却发现只有自己一人的空虚感。当我感到孤独寂寞的时候，我都会阅读下面这篇文章。在此，我也想把这篇文章分享给那些此刻感到孤独无助的人，希望能或多或少地给予你一些安慰。

每次回首，发现都是自己一个人。

那些爱我的人，每当向我靠近的时候，我都会退而远之。可那些我爱的人，每当想要靠近他们时，对方却会渐行渐远。

那些我想要靠近的人，在我向前一步时对方避而不见。可那些向我主动靠近的人，我却会忍不住想要与之保持距离。

比起爱我的人，总觉得我爱的人更美好。

比起能一直陪在我身边的人，更想要需要我陪在身边的人。

无法与想念的人相见，反之总会与想见到我的人见

Chapter 3 　要珍惜的人，要远离的人

面的寂寞人生啊！

所以我只能是一座孤零零的岛屿。

回头去看，也只有我在独自喝酒。

没有人知道岛为什么会哭泣，就算独自买醉也无人过问。

今天的海浪也依然在拍打着悬崖，

明知高攀不到悬崖顶上的花儿。

以上是作家李龙采的《只能独自一人的理由》。每当读到"所以我只能是一座孤零零的岛屿，回头去看，也只有我在独自喝酒"这一句话时，就好像作者在旁边向我递来一杯酒，并给予我安慰的力量。在我觉得自己像座孤岛的时候，是这首诗陪着我，理解我。他仿佛就在身旁给我加油打气，安慰我生活中许多人都有过这种感受，不要太难过，因为没有什么烦恼是一杯酒解决不了的，之后再努力振作起来就行了。虽然本质上每个人都是一座孤岛，但我们可以利用桥梁和船只在彼此之间建立联系，所以我们不应该放弃希望。

在疲惫到没有精力和别人社交的时候，如果读到一篇能够产生共鸣的文章，就会获得一种振奋人心的力量。虽然没办法体会

连我都不知道自己想要什么的时候

到不同时代的人的生活,也没办法感受其他人的人生,但通过阅读我们可以间接地了解世间的人生百态,这也许就是阅读所具有的最强大的力量。

每当遇到困难需要希望和勇气的时候,总会有一个人浮现在我的脑海中,那个人就是作家菲茨杰拉德塑造的《了不起的盖茨比》中的主人公——盖茨比。

> 他具有在人生中能够感知希望的高度发达的触角,
> 这种浪漫的人生观才是他与生俱来的天赋。

有一个词叫"迷惘的一代(Lost Generation)",指的是夺走无数生命的第一次世界大战结束后,曾主导美国精神虚无、追求享乐的社会风气的青年一代。这个词由美国小说家格特鲁德·斯坦因第一次使用,此后因海明威在其作品《太阳照常升起》的题词中写到"你我都属于迷惘的一代"而被广泛使用。战争结束后,在绝望和空虚中失去人生意义和目标而感到彷徨的一代人开始出现,菲茨杰拉德、海明威、格特鲁德·斯坦因、福克纳、埃兹拉·庞德等著名文学家都属于这一时代。

这其中,菲茨杰拉德与他的作品主人公盖茨比是这个时代最具代表性的人物。这两位人物代表着在所有人都沉迷于享乐的世

Chapter 3　要珍惜的人，要远离的人

界中时，虽然他们拥有的只是幻想和执着，但直到生命的最后一刻也不放弃爱和希望的那一类人。每次当我陷入孤独和迷茫时，只要一想起无论在什么情况下都坚信自己能够找到希望的盖茨比，心里就会获得一丝安慰。我就是他的忠实粉丝，如果他在眼前的话，我一定要邀请他喝一杯酒。

除了书以外，有一部影片也让我间接体验了这种想象中的事情。那就是伍迪·艾伦的电影《午夜巴黎》。影片讲述的是去了巴黎的主人公吉尔在午夜十二点散步时，突然穿越到20世纪20年代后所经历的故事。20世纪20年代也就是前面提到的，除海明威和菲茨杰拉德外，更有毕加索、莫奈、德加、高更、达利等伟大艺术家生活的时代。

观看电影时，我非常羡慕主人公能穿越到20世纪20年代的法国巴黎街道上观光散步，更羡慕他能够与代表"迷惘的一代"的艺术家们自由交谈。

在电影中出现的众多艺术家中，令我印象最深刻的人物是曾作为菲茨杰拉德的朋友，而后又成为其冤家的艺术家海明威。在他看似强硬的语气和行动中，我无意间感受到了他柔软的内心。片中有一句我特别喜欢的台词——"世界上没有不好的素材，只要内心真实，文章简洁明了，并且能够在任何重压之下都不失去勇气和品位。"这句话给一直想写出真挚文章的我带来了很大的

连我都不知道自己想要什么的时候

灵感。

于是，观影结束后，我找到了许多海明威创作的小说和随笔作品。其中最令我印象深刻的是讲述海明威在20世纪20年代法国生活的《流动的盛宴》：

> 我沿着塞纳河散步的时候从不会感觉孤独。在树木郁郁葱葱的城市里，你每天都能用眼睛看到春天脚步的临近。直到一夜暖风吹拂后，生机勃勃的春天终于在第二天清晨来临了。有时几场冷雨会将春天赶走，让人觉得新的季节永远无法到来，而你则失去了人生中的一个季节。

曾荣获普利策奖和诺贝尔文学奖的文坛巨匠海明威都曾说过"失去了人生中的一个季节"这样的话，由此能够体会出他的孤独和伤感。当然，人都会有感到孤独的瞬间，因为每个人都是独立存在的个体，同时，也是需要和别人交流联系的命运共同体的一部分。

我希望即便孤独也不是你独自一人孤独，希望你能够通过阅读、欣赏电影或音乐等其他任何形式的艺术明白，世界上总会有某个人与你感同身受，这个世界的某一个角落肯定会有这样一个人存在。所以挺过这段孤独的时期，就一定会有新的温暖注入心中，因为寒冬过后迎来的终究会是奇迹般降临的春天。

**请不要认为，
只有你自己一个人会每天感到寂寞。**

无论陷入多么深的孤独，
你也这样一直坚持到了现在。
无论经历多么沉痛的悲伤，
你现在也能过得很好。

在那段时光里，
有人曾为你哭泣，
也有人借给你肩膀。
那些和你有相同感受的人
希望倾听你能够让人产生共鸣的故事。

所以，总是有人陪伴在我们身边，
为我们祈福。
而你对某人而言，也会成为温暖的存在。
请不要忘记，
我们是互相给予温暖、携手前行的命运共同体。

连我都不知道自己想要什么的时候

停止扮演乖小孩角色

你是否一直努力让自己看起来活泼开朗？每次都向别人让步或者对没有做错的事情道歉？是否想让别人认为自己是个好人，害怕别人会讨厌自己？如果是的话，那么你可能一直被"乖小孩的自卑感"折磨着。

当然，想成为善良的人绝不是件坏事，这说明你是一个拥有爱心、懂得照顾别人的人，但我想说的是，这种人往往会伤害自己。

以前的我也是这样，因为害怕被别人讨厌，所以会努力迎合别人的喜好，也会因为不懂得拒绝而揽下超出自身能力范围的担子，强迫自己去忍受厌恶的人际关系。这样做的后果就是让自己在工作和人际关系中受到伤害，也不会有人真正了解你所付出的善意。忽视自己的内心想法，不仅会迷失自己，也无法与别人轻松地交谈，因而只能建立虚伪和形式主义的关系。

Chapter 3　要珍惜的人，要远离的人

"原来你有乖小孩情结啊。"

"那是什么？"

"就是希望得到别人的称赞和表扬，不想被任何人讨厌或指责。"

"仔细一想好像确实是这样。"

"你就是你，就算有人不喜欢你也没有办法。那只是别人的个人观点而已，它无法判定你的为人。"

不知道书前的各位喜不喜欢看漫画？我从青春期开始就非常喜欢看漫画，无论是少年漫画还是纯情漫画都非常喜欢。有人一听到我说喜欢漫画，就会惊讶地问我："你还会经常看漫画吗？"我从来都不觉得漫画书跟其他书籍有区别或者相比之下格调不高，因为通过漫画同样也能学到很多知识，领悟很多道理。尤其是漫画能够很形象生动地展现出爱情和友情等关系，还能学到克服难关、向着梦想前进的挑战精神。

前面的对话出自我很喜欢的漫画家韩慧仁的作品《某个特别的一天》，这是一部曾经风靡各大网络平台的漫画作品。"乖孩子情结"是一个心理学用语，用来表示只想让别人看到自己善良的一面的心理现象。这种想法本身并不算错误，但问题是它会导致一个人因为过度在意别人的视线而无法表达自己内心的真实想法。这样做也许能成为别人口中"善良的人"或者"好人"，但

同时也会让自己的内心受到伤害。

不需要在所有人面前都做一个善良的人。在此之前，首先要成为一个善待自己的人。完整地接纳真实的自己，才能将关注点放在自己身上，确保不会被外界因素干扰，才能够建立以自己为中心的、健康的、互相关怀的人际关系。

看过漫画家韩慧仁的作品后，我多想拥抱过去为了成为善良的孩子而努力的自己，并对他说："不用在所有人面前都做一个乖孩子，也不用太过执着于做一个让所有人都喜欢的孩子。要相信你本身的存在就是令人喜爱和自豪的充分理由。"

就像这样，如果内心不喜欢就不要强迫自己去坚持，所有关系都需要有适当的距离，根据情况会有亲疏远近之分。重要的是坚持自我，不要过度被他人干扰，要学着建立不让自己受到伤害的健康安全的人际关系。

生活中难免会遇到一两个不喜欢自己的人，我们没必要逃避这个事实。这种情况大部分发生在过于亲密的关系导致双方心理负担过重的时候。就像母亲曾经说过的，人与房子一样都需要保持一定的间距才能维持良好的通风……人们往往不明白维持距离是一件多么重要的事，它可以让我们避免受伤。虽然有些难以理解，但它

Chapter 3　要珍惜的人，要远离的人

确实是一种良好的决策。

曾野绫子的随笔《保持一点距离》中蕴含着对保持距离的细微而精准的洞察力。看完她的文章后，我明白了没必要无条件地拉近人与人之间的关系，也明白了互相保持适当的距离是多么重要。关系永远是相互的，如果它需要一方的牺牲才能维持下去，那说明这种关系是不健康的。因为一段关系而感到力不从心的时候，像文章题目所说的那样，仅仅是保持一点距离就能够变得幸福。

越是像家人、恋人、朋友这种亲密的关系，越需要我们稍微后退一步，保持适当的安全距离来进行观察和维护。如果离得太近的话，就无法用全面客观的目光看待对方，而当我们保持一点距离的时候，反而可以从各个不同的角度全面观察。维持一段健康长久的友好关系的秘密就在于，给彼此留存一定自由的私人空间，并给予对方信任。

世界上不存在能够让自己随心所为的关系，无论怎么努力，也有无法变得亲近的关系，有时保持远距离反而会更好。我们可能会因为关系亲近的人无法理解自己而感到难过。对于当时的我们而言，最在意的难免会是自己伤心难过的情绪，但谁又能知道对方是不是也有不为人知的苦衷呢？偶尔也会有只想专注于自己

连我都不知道自己想要什么的时候

内心的时候，也有可能遇到一些像无解的难题般没有头绪的人际关系……在遇到这些情况时，不要过于伤心或遗憾，希望你能够放松心情，给自己一点喘息的机会。

不要着急，每段关系都需要保持一定距离。人与人之间的关系时而亲近，时而疏远，这是一种很正常的现象。只要接受这个事实，心情就能够放松稍许，人际关系的负担也会减轻许多。在保持距离的前提下放平心态，不过于追求和执着的时候，反而能够维持一种健康正常的人际关系。

我们谁都没办法独善其身，但再亲密的关系也需要保持适当的距离，不管是父母子女关系，还是夫妻恋人关系，如果能将这一点铭记于心，我们的人际交往会变得顺利很多。

最后想给那些曾在人际交往中受过伤害的人们分享一段话：

我的微笑就是我的名片，微笑也是我拥有的最强武器。我的微笑具有建立坚固纽带、打破寒冰、平息暴风雨的强大力量。

我要成为第一个绽放微笑的人……今天的我，选择让自己成为一个幸福的人。

这段是安迪·安德鲁斯的作品《旅行者的礼物》中的一段文

字。据说这本书出版前被各大出版社拒绝了五十次,最终问世后却受到了全世界读者的喜爱。

这部作品很完整地展现出了安德鲁斯积极乐观的人生观。即使年幼失去双亲,贫困潦倒到露宿街头,但依然乐观面对生活的态度最终让他成了一名成功的戏剧演员、文学评论家兼作家。希望我们都能像庞德先生在小说中承诺的那样,无论遇到什么困难都能有给别人带去微笑的力量,并用这种力量坚强地生活。

希望你能够用宽广的胸怀创造出温暖宽敞的空间,在其中建立幸福的人际关系,那种偶尔在旁边细心叮嘱,又会给彼此留出自由空间的健康舒适的关系。

连我都不知道自己想要什么的时候

妈妈的名字

"妈妈"这个词，只是听着就有让人热泪盈眶的魔力。从十月怀胎到忍受剧痛让我们来到这个世界，母亲给了我们太多的爱。不管我们怎么无理取闹，怎么让她伤心难过，妈妈总是会一如既往地包容我们。

有一天突然发现母亲的额头和眼角有一道道深深的皱纹，我的内心瞬间涌上来一股巨大的悲伤。为什么没有早点意识到，我从懵懂无知的孩童长大成人的同时，母亲也会一点点变老的事实呢？

每次翻看相册中的老照片时，看到照片中年轻貌美的母亲，想到她也曾和我一样年轻过，现在却变得如此苍老，各种情绪就会在心中翻涌。既有遗憾和难过，也有感谢和愧疚。追随着妈妈年轻时的脚步一步步回顾的时候，我们愈发能够感受到她们曾给予我们的无限母爱。下面要分享的诗作很好地表达了这种心情：

Chapter 3　要珍惜的人，要远离的人

我以为
因为是妈妈所以没关系
她可以在地里辛苦劳作一整天

我以为
因为是妈妈所以没关系
她可以在厨房匆忙地应付一顿午饭

我以为
因为是妈妈所以没关系
她可以在寒冬里用冷水手洗衣服

我以为
因为是妈妈所以没关系
只要家人吃饱了自己饿着肚子也无妨

我以为
因为是妈妈所以没关系
即便干裂的脚跟与被子摩擦出声音

我以为

连我都不知道自己想要什么的时候

因为是妈妈所以没关系
即便指甲已经磨得无须再修剪

我以为
因为是妈妈所以没关系
她可以忍下爸爸的怒火、子女的任性

我以为
因为是妈妈所以没关系
想念外婆
想念外婆也只不过是她发呆时无意识说出来的话……

直到有一天深夜醒来
发现坐在房间角落无声哭泣的母亲才意识到
啊！
我们真的不应该这样对待她

这首诗是诗人沈顺德的《我以为，因为是妈妈所以没关系》，初次刊登在杂志《好想法》第一百期纪念一百人的诗集《我想在你的爱中休憩》中，之后深受大众喜爱，以至于变成了

Chapter 3　要珍惜的人，要远离的人

"国民诗"。诗人于1960年出生于江原道横溪，是家里九兄妹中的老幺，因此尤其深受母亲喜爱。三十一岁那年经历了丧母之痛后，深陷悲痛的诗人写下了这首诗，诗中的最后一段文字让许多读者潸然泪下。

是的，我们真的不该这样对待母亲，真的不该如此对待她。为什么我们会认为母爱是理所当然的？为什么我们不懂得珍惜眼前？直到自己有了子女之后，才明白长辈对晚辈的爱之深，情之切。

2008年，中国四川省曾发生过一次大地震，其中位于四川北部山区地带的汶川受灾最为严重。那场地震导致了无数建筑物坍塌的同时，也夺走了无数条鲜活的生命。大量搜救人员在四处寻找生存者的时候，在一片废墟下发现了一位女性，不过遗憾的是她已经没有了生命迹象。

但人们注意到她的姿势很奇怪，她的右手拿着一双筷子，整个身子蜷缩着，好像护着怀中的什么东西。从她的姿势可以大致判断出地震发生时这位女子正在用餐，感知到灾难发生的瞬间，她下意识地用身体护住了什么。搜救人员小心翼翼地移动这位女子的遗体后发现，她一直护在怀里的是裹在毛毯中的婴儿。小宝宝完好无损地躺在毯子里安详地睡着觉，对于小婴儿来说，妈妈的怀抱是这个世界上最温暖、最安全的地方。包裹着婴儿的毛毯里有一部手机，备忘录里记录着这位母亲写给自己孩子的最后一

连我都不知道自己想要什么的时候

句话:"亲爱的宝贝,如果你能活着,一定要记住我爱你。"

不知各位有没有叫过妈妈的真实姓名,或者有没有听子女叫过你的真实姓名?我静静地思考:如果余生以"某某的妈妈"的身份生活,忘记自己的名字,放下自己的人生,只是以一个孩子的母亲的身份生活的余生该有多么沉重。那应该是放弃了很多,为孩子和家庭做出了许多牺牲的人生。

(亚里士多德)将真正的幸福称为"eudaemonia",这是从人类本性的最高尚、最美好的成就中获取的喜悦。他写道:"幸福就是灵魂的活动符合美德,那种极致的幸福可以在为祖国或神一样的'更高身份'牺牲自己时获得。"

朱尔斯·埃文斯在其作品《生活的哲学》中这样描述亚里士多德所提倡的幸福观——对于世上的诸多母亲而言,自己的幸福或许就是子女的幸福。那是一种在自己身上无法获得的,只有在为某人牺牲时才能得到的崇高的幸福。

对于妈妈而言,为子女所做的牺牲就是自己的幸福,这也是一听到"妈妈"这个词就让我们热泪盈眶的理由。比起深藏在心底不显露一丝情感,我更希望大家能够直白地表达对妈妈的谢意

Chapter 3　要珍惜的人，要远离的人

和爱意。偶尔喊一声妈妈的名字是个不错的想法。以"某某的妈妈"身份生活的人生也许是幸福快乐的，但我也希望能够帮助妈妈重新寻找以自己的名字定义的人生。

现在偶尔也会听到妈妈对我们说"对不起"，其实妈妈没什么要说对不起的，这样说反而更增添了我们内心的歉疚，但妈妈的这种心意是无可责备的。因为爱得太深，所以遗憾愧疚的心情会更胜一筹。明明母亲的大半生都在为子女牺牲，但她们仍然会感到内疚的心情让我的心里非常不是滋味。以前不太懂，直到自己为人父母后才逐渐明白了这种感受。

妈妈不惧怕死亡，但她会因死而愧疚。

这是作家申京淑在《从某处传来找我的电话铃声》中写的一句话，很真实地表达了这种因为深爱而感到更加抱歉的心境。在自己的一生中牺牲了那么多东西还不够，直至最后对死亡都感到抱歉，这究竟是要多么深爱才能产生的想法呢？每当想起妈妈的这份心意时，我就会感到无比感激，也会无比心疼。因为彼此深爱对方，所以用"我爱你"三个字都不足以表达的爱意只能用"对不起"来代替。

连我都不知道自己想要什么的时候

我曾在电视上看到过这样一则广告：医生对完成体检的人们说："你们还剩下九个月的时间。"人们慌张地打开体检报告书，发现里面写着这样一段话：

各位受到惊吓了吧，刚刚是否有种眼前一黑的感觉呢？我想请你们回顾一下：你是如何度过自己的每一天的？一般几点上班，几点下班？一天中的睡眠时间是多久？和朋友一起度过的时间又是多久？我想说的是，除了这些时间以外，你真正能够和家人待在一起的时间大概只有九个月。

这个广告播出后给许多人带来了很大的震撼，包括我在内。我不禁认真思考，自己和家人在一起的时间到底有多长？

我们会经历许多离别，总有一天我们也会面临和母亲离别的时刻，虽然只是在心中想一下都觉得无比悲伤，但事实就是如此。因此，我们要花更多的时间与重要的人在一起。我想，我要立刻给母亲打一通慰问电话，同时，喊一声她的名字，并且对她说句"我爱你"。

Chapter 3　要珍惜的人，要远离的人

让我们朝着同一方向前进

爱是什么？这世上，不管是人类、恶魔，抑或是其他任何东西，都没有爱那么值得令人怀疑，唯有它能穿透灵魂，世间没有什么能比爱更丰盈，更刻骨铭心。

翁贝托·埃科在小说《玫瑰的名字》中对爱做出过如上描述。作者说爱能穿透所有，直击灵魂的最深处，充分表达出爱的力量是多么强大。任何人一旦陷入爱情，他的身体和意志往往就不再完全受自己的理智操控。我想，这正是许多文学、绘画、音乐等艺术作品都会以爱为主题进行创作的原因吧。

在以爱情为素材的众多艺术作品中，我首先想到的是但丁的《神曲》。不是因为他是文艺复兴的先驱者，也并非是但丁让佛罗伦萨语成为意大利标准语的缘故，真正让我感兴趣的是他在他的故乡佛罗伦萨留下的爱情故事，也就是与佛罗伦萨最古老的桥梁维琪奥桥——俗称"爱桥"有关的故事。

连我都不知道自己想要什么的时候

去过南山首尔塔的人应该对恋人们共挂一把爱情锁并发誓永远相爱的情景很熟悉吧。令我感到惊讶的是，这种景象在维琪奥桥同样也能看到。我寻找了其中的缘由，发现原来是因为但丁在这座桥上初次遇见了自己的真爱贝特莉丝。像通过《神曲》造就了不朽爱情的但丁和贝特莉丝一样，许多年轻的恋人也在这座桥上约定了永恒的爱情誓言。一想到人们的生活方式在哪里都差不多，相爱之人的心境也都想似，就不由自主地生出笑意。

据说但丁在九岁时邂逅了贝特莉丝，初次见面就对贝特莉丝印象颇深的但丁，在九年之后重逢贝特莉丝，从此对她一见倾心。这份爱情即使在贝特莉丝和别人结婚，年仅二十四岁离开人世后也没有改变。但丁让未能在现实中实现的爱情在《神曲》这一作品中得到升华。在这部作品中，贝特莉丝作为伟大的圣女和救援者，扮演着负责把经历了地狱和炼狱后的主人公引领到天国的重要角色。

但丁对贝特莉丝的爱是柏拉图式爱情的典型，也正是因为但丁的《神曲》，贝特莉丝的名字至今都象征着崇高的爱情。但实际上，但丁的爱情不是相互而是单向的，因为贝特莉丝生前根本就不知道但丁深爱着自己。因此，但丁的爱情虽然伟大，但终究只是单方面的暗恋，而不是互相依靠，彼此给予对方积极力量的爱情。

那么，究竟什么样的爱情是最佳范本呢？不，究竟什么是爱

Chapter 3 　要珍惜的人，要远离的人

情，为什么我们会有"爱"这种情感感知呢？精神分析学家及社会心理学家埃里希·弗罗姆在《爱的艺术》中以爱具有两极性的观点进行了分析。就如同柏拉图的《会饮篇》中讲述的著名故事一样，人类原本是由两个人组成的一个整体，但被神一分为二。因此，爱情都是寻找另一半，重新成为完整体的过程。弗洛姆引用与莎士比亚和拜伦齐名的"爱情诗人"鲁米的诗来解释这一概念。我们来看看这首诗的片段：

> 爱人之人之所以渴望被爱之人
> 只不过是因为被爱之人渴望着他。
> 爱情的火花从"这儿"迸发出来
> 就知道在"那儿"可以萌发出爱意。
> ……
> 没有另一只手掌，孤掌难鸣。

从爱情萌芽开始，恋人们就想要分享很多东西，比如一起分享美食，一起享受有趣的生活。虽然有的时候喜好各不相同，但相处得越久，关系就会变得越亲密。为了赢得对方的欢心，也可能会刻意去营造出一些共同点。当然，如果只是一方单方面去迎合对方的话，那这份爱肯定是有限的。

必须承认，爱情也需要一定的牺牲，但不应该是单方面的。

连我都不知道自己想要什么的时候

因为牺牲的一方会失去生活的自主性，从而逐渐疲于经营这段感情。一味地要求对方做出牺牲的人普遍都认为感情中会区分强者和弱者，以前的我在某种程度上也认同过这种观点，认为付出更多爱的一方要比少的一方吃亏，在情感上处于劣势地位，但是现在的我非常清楚这是个多么错误的想法。

经历了很多失败和错误后，我最终明白了爱就是彼此朝着同一个方向前进的道理，而相爱并不意味着双方要过完全相同的生活。无论多么亲密的恋人，也不能像一个人一样在每个瞬间分享所有的情感。恋人需要给彼此留有适当的空间，才能驱除痛苦、愤怒和伤痛，被爱与欢乐包围。

只有互相关怀对方的时候，我们才能获得美好的爱情。而且，只有彼此相爱，我们才能真正成为一个成熟的人。因此，爱就是寻找到人与人之间关系的平衡点。

如果用另一种方式来表达的话，爱情就是牵着手朝同一方向前进。并不因为是恋人就整天只关注对方，而是平时各自默默地做着各自的工作，但在一起的时候一定会手牵手共同前进，聊各种各样的话题，分享彼此的感情和温度。就像圣埃克苏佩里所说的：

> 爱情不是两个人互相凝望，
> 而是共同注视着同一个方向。

Chapter 3　要珍惜的人，要远离的人

爱得更深的人才是强者

"爱得更深的人是弱者。"

我们常常会听到这样的话。另外，我们还会听到有人说，要想好好地"经营"爱情，就要学会张弛有度。也有人给出忠告说"不能无条件地为对方付出"，担心我们在对对方好的同时会让自己受伤。但是爱情里真的会区分强者和弱者吗？我们真的要为了避免自己成为情感中的弱者而欲擒故纵吗？

当然，你觉得爱情只是自己的单方面付出，而对方无法理解自己的心意时会伤心难过，这是很正常的。似乎只有自己一个人努力的无力感经常会让我们感到郁闷，同时也会让我们对对方产生不满。但是在相爱的时候，多爱一点绝对不是错，对爱人说"我更爱你"也绝不是弱者的行为。爱情不是计较谁付出多少，也不是衡量利益和损失的关系，而是即使付出了全部也想再给予更多的关系。

那么，为什么会有"爱得更深的人是弱者"这样的说法呢？

连我都不知道自己想要什么的时候

可能只是因为见多了周围单方面付出的爱情逐渐冷淡最终分离的例子。但这种离别最根本的原因真的是其中一方太过深爱另一方吗？显然不是。首先，放弃这段感情的不是爱得更深的一方，而是没那么爱的另一方。

开始的时候，谁都会觉得这段爱情是永恒的，可遗憾的是，许多爱情都是有寿命的。但重要的一点是，一段感情告终的时候，比起疏忽怠慢的一方，爱得更深的人能够更进一步成长，学会和领悟更多。受到伤害后，一开始肯定会非常痛苦，但伤口逐渐愈合后就会变得更加坚强。这样的人在分手以后也可以对过去的恋人说"你是个好人"，也可以说"为曾经爱过你而感到幸福"。因为对于尽全力爱过的人来说，没有什么遗憾，也没有什么值得后悔。

我们都是有充分资格得到爱的存在，但因为更爱对方而愿意成为弱者的内心，只有真正强大的人才能拥有。相爱的时候一定要强调强者弱者，并坚决不让自己处于弱势地位的那个人，反而才是真正的弱者。

我在回顾昔日爱情的时候，对那些毫无保留地付出过爱的感情从不曾感到后悔，反而对将别人的爱视为理所当然的感情觉得遗憾。不懂得珍惜别人给予的爱的人，终有一天会对此感到追悔莫及。

Chapter 3　要珍惜的人，要远离的人

遇见所爱之人是一段弥足珍贵的经验，所以我们会为了得到对方的爱而倾尽全力，但比起建立一段爱情，更重要的是学会如何接受这份爱，以及后续如何去维护它。换句话说，要想维持一份爱情，我们需要用正确的态度对待它。

理解别人表达的爱固然重要，以正确的姿态接受这份爱同样重要。如果在接纳了别人的爱意后却对这份感情漠视冷落，或者因这份爱而变得傲慢自负，那这份爱真是悲哀又徒劳。

随笔作家、英文教授张英姬在《我的生命仅此一次》一书中这样描写了对待爱情的正确态度。开启一段爱情的心固然重要，但更重要的是正确地接受爱情的心。

读了这篇有温度的文章后，我对爱情的观点有了很大的改变。之前只是苦恼怎样才能让对方知道我的真心并开始一段恋情，现在则开始考虑如何接受、感谢并珍惜这份爱意。

对别人的爱不屑一顾或者变得傲慢的人是只会消磨爱的人。如果现在的你正与这样的人相爱，我希望你不会因为对方的言行受到伤害。爱得更深的那个人没有做错，不懂得珍惜的人才是愚蠢的。

能付出更多的爱是一件非常美好幸福的事情。如果对方能明

连我都不知道自己想要什么的时候

白你的心意，那再好不过；如果不能，那也没关系。正因为懂得如何去爱，所以你未来有更多机会去爱更优秀的人。

一切行为本身并无好坏之分。就如我们现在进行的这些行为，不管是喝酒、唱歌抑或与人交谈，本身是不具有任何美好的特性的，因为每个行为的结果取决于它如何被实施。如果以正确的方式施行，那这个行为就可以判定为好的；如果以错误的方式施行，那这个行为就会被判定为坏的。爱也是如此，爱本身并不是美好的，只有高尚地去爱时，这份爱才是高尚和值得被敬重的。

最早的以爱情为主题的古籍是柏拉图的《会饮篇》，这篇文章中记载了苏格拉底、柏拉图等古希腊贤者们聚在一起，边喝酒边谈论的与爱情有关的内容。对于爱情，鲍萨尼亚发表了上面的评论。爱情本身并不是美好的，只有人在美好地相爱时它才是有价值的，也就是说，只有正确地爱护对方、珍惜对方、尊重对方的时候，爱情才会变得高贵而纯粹。

这本书记录了很多哲学家对于爱情的想法。从肉体、精神方面到关于爱情的美好等各种话题中，我很好奇大家会对哪个话题最能产生共鸣呢？

我读了篇文章后，对鲍萨尼亚讲述的爱情观深有感触。我下

Chapter 3　要珍惜的人，要远离的人

定决心要实现的不是自私的爱，而是关怀的爱；不是只知索取的爱，而是给予更多的爱。这就是我理想中的美丽爱情的形态。只重视自己的心而忽视对方的心，这绝不能说是美好的爱情。

> 希望你的爱情平安无事，
> 那样我的爱情亦是如此。

这是作家李道宇的小说《110号邮箱的邮件》中的句子，也是书中女主人公在书架上发现的男主人公的诗集中写下的一句话。我认为这是一句写得非常优美的话，也是一句洞察了爱情本质的话。因为比起自己，更担心对方是否安好的心情才是爱。

在一段感情里，想要明确地区分强者弱者，不愿做出一点让步和妥协的爱情不是真正的爱情。只有无条件地优先考虑对方、毫无保留地给予爱和关怀时，我们的爱才会安然无恙。当世间所有人都是如此的时候，我们就都会拥有温暖的爱情，不必再害怕受伤。

> 如果你爱的人就在身边，
> 请不要怀疑他的真心，
> 更加毫无保留地去爱他。
> 如果是真正值得被爱的人，

连我都不知道自己想要什么的时候

那么他肯定会明白你珍贵的心意。

爱得更深的人才是强者。
爱得更深的人才是真正懂得爱的人。

Chapter 3 要珍惜的人，要远离的人

即使所有缘分都有尽头

一天里无数擦肩而过的人中，我们能和多少人结下珍贵的缘分呢？小时候在小区、学校、补习班里，一有空就会结识相处融洽的新朋友，但是长大成人步入社会后，反而觉得能够有一段新的缘分是一件很不容易的事情。不仅如此，维持至今的缘分也像冬天里未凋零的落叶一样寥寥无几，对此我常常会感到十分遗憾。

对于我们所有人来说，缘分都是非常重要的，因为我们的生活幸福与否很大程度上取决于你和什么样的人结下缘分。如果结下了让自己痛苦的不好的缘分，生活就会变得艰难而疲惫。反之，如果这段缘分能给我们带来力量和积极影响的话，我们的生活就会充满活力和希望。可惜的是，辨别出好的缘分并维护好它并非易事。

说起缘分，我的脑海里就会浮现出一位作家。他就是诗人兼小说家、散文家皮千得，他最为人所知的是作品《因缘》里的这

连我都不知道自己想要什么的时候

一段文字：

　　即使想念，有些人一面之缘后再也不会遇见。即使一辈子无法忘怀，有些人也选择此生不再相见。

作家以简洁又感性的文笔讲述了年少去东京留学时遇到的缘分，表现了对没能如愿的姻缘的感慨和遗憾。我个人还很喜欢他的另一篇名为《长寿》的随笔，通过那篇文章，我学到了许多对待缘分的知识。

　　把昔日发生过的事全都记在心中的人是长寿的，如果那段回忆是美好而华丽的，那么即使生活贫寒，他也是一个富裕的人。对往日回忆毫无印象的人，即便他的人生曾经光辉耀眼过，但本质上却和埋了宝藏却记不起来具体细节的人没有差别。

这些文字不禁让我反省自己是否每天如机器般徒劳无功地生活着。作者说，我们之所以要结下美好的缘分，是因为它能让我们重拾过去的人生。每个人都只能活一次且只可以活在当下，但美好的缘分可以让我们多度过一次想要重生的时间，一边回忆一边回味。它可以让我们的生活变得更幸福，正因为这样，我们才

Chapter 3　要珍惜的人，要远离的人

更要将它们好好地珍藏于心。

虽然我的人生阅历算不上丰富，但确实也遇到过许多让我感到意外的缘分。每当这时我都在想："啊，缘分是真的需要真心相待的。"在职场中，我们会不知不觉地卷入追究利害关系或带有主观偏见的人际关系，由此结下的缘分当然既不深刻也不长久。

在我新入职场后结交各界人士的时候，尽管在每一次的社交活动中我都尽最大努力真心对待他人，但那些人要么对我的真心不屑一顾，要么就只是单纯想利用我的善意，于是我渐渐感到疲惫，而这段时期又恰好有一份重要的合同需要签约。虽然我尽力促成此次合作，但对方负责人却迟迟没有见面商谈的意向。

在我正感到挫败沮丧时，一位前辈对我说："只要你足够真诚，这份缘分无论如何都能建立起来。"

我将这句话牢牢记在心中，并在此后的每一次会面中都表现出百分之百的诚意。虽然这份合作最终还是没能谈下来，但也许是我的诚意感动了对方，我们达成了其他方面的商业合作。之后的签约聚餐上，对方负责人对我说："大部分人只会在嘴上说着所谓的真心话，可一旦觉得无利可图就会马上变一副嘴脸。承焕先生始终如一的坦率和真诚深深打动了我。"

不必觉得缘分建立起来十分困难，有好的缘分放在眼前时，

连我都不知道自己想要什么的时候

只要竭尽全力去做就足够了。当然,也有可能会遇到令人措手不及的坏因缘,但请相信之后肯定会再遇见能够安慰这种痛苦的好因缘。重要的是展现出自己最本真的模样,而不是过于粉饰自己。在我们想结下的最重要的缘分即恋人关系时也要这样做。

为什么总是要在美好的因缘面前担心根本无须担心的事情呢?要相信,如果有缘的话,即使分开也注定会再次相遇;如果无缘的话,就算强求也只会无疾而终。

如果不知道什么因缘能够和自己相伴,那面对所有的因缘时我们都应该采取这样的态度:与其担心周围的视线和尚未发生的事情,不如真心实意地把自己完整地展现出来。

Chapter 3　要珍惜的人，要远离的人

每天靠近一点点

>人不会再花费时间去了解任何东西了，他们总是到商店里购买现成的东西。但因为世界上还没有商店售卖友谊，所以，人类没有真正的朋友。如果你想要一个朋友，那就驯服我吧！

沙漠里的小狐狸靠近小王子时对他提出了这样的建议。小王子问狐狸，要怎么样才能驯服它。小狐狸回答道：

>你最好能准时准点来。比如说，你每天下午四点钟来，那么从三点钟起，我就会高兴起来了。

这是圣埃克苏佩里的《小王子》中的经典名句之一。虽然发表于1943年，但这部作品至今仍深受大家喜爱。就像作者所说的，这是本"为大人写的童话书"，书中含有许多值得成年人深

连我都不知道自己想要什么的时候

思的内容。

其中我尤其喜欢狐狸与小王子的故事，因为它通俗易懂但意义深远，我能够从中得到许多关于人与人之间关系的感悟。与文中逐渐接近对方，试着去互相理解的狐狸和小王子不同，如今的我们习惯追求快速与高效率。例如，我想和某个人变得亲近的话，更加倾向于选择聊天社交软件与他进行二十四小时沟通。虽然一开始会觉得这样快捷又方便，但如此建立的友谊很容易就会破裂、疏远，就和在商店购买的东西一样容易获得也容易被抛弃。这种关系难道真的可以称为友情吗？

并不只是分享美好、共担劳苦，偶尔也会相互争吵，能够积累下很多共同回忆的关系才能被称为真正的友谊。想要建立如此牢固的关系，当然需要一定的时间。

遗憾的是，对于已经长大成人的我们来说，这样的时间不多了。学生时代，大家尚可在同一空间共度许多时光，但步入社会后，大家都是各自忙于每天的工作而无暇顾及其他，于是也就逐渐忘记了建立新的友情。

但是，如果我们想要生活得更加幸福，友情是不可或缺的。无论是高兴的、悲伤的、愉快的还是愤怒的事情，我们都需要有能够轻松谈论的朋友，那种不用刻意伪装，能够向他展现自己真实面貌的朋友。不知道你是否拥有这样的朋友。那么怎样才能建

Chapter 3 要珍惜的人，要远离的人

立这样的友情呢？每当谈起这个话题时，我都会想起一篇文章。

> 我愿能有一个晚饭过后可以一起喝茶聊天的朋友。我想要的朋友是那种即便身上染了些许泡菜的味道也不用担心对方介意而更衣去见的朋友，这位好友最好能住在我家附近。
>
> 我愿能有一个在雨天的下午或下雪的夜晚，随便穿着一双橡胶鞋也能去拜访的朋友。能够彻夜谈心，在不带任何恶意地谈论别人的事情时也不用担心对方会别有用心的朋友。
>
> 如果一个人除了自己的妻子或丈夫、兄弟姐妹或子女外没有挚友可以珍惜，那如何能说他是幸福的呢？越是没有永远，就越需要彼此帮助、追求永恒的那种朋友。

这是出自诗人刘颜真的随笔《渴望芝兰之交》里的一段话。这是一篇文笔细腻流畅又能让人感到温暖的文章。我第一次阅读这篇文章是在上中学的时候，成年后的如今重读依然会有诸多感悟。就像诗人说的那样，友情是不能够轻易拥有的，只有彼此信任才能获得真正的友谊。每次读到这篇文章时，我都会反思自己，并重新思考友情的定义。

连我都不知道自己想要什么的时候

对我而言，友情的形式好像一直在变化，有时只选择和趣味相投的朋友见面，也会因不想被孤立在外而去迎合其他朋友的喜恶。其实现在想想，完全没必要那样。在友情中，重要的不是把所有的事都勉强拼凑在一起，而是要有一颗互相体谅的心。只要能互相信任，为对方着想，性格和兴趣等方面的差异不仅不会影响友情，反而会丰富彼此的生活。

谈及理想的友谊，我的脑海中会自然而然地浮现出两个人。那就是有着超过十五岁的年龄差距但仍然建立了深厚友谊的作家阿尔贝·加缪和让·格勒尼埃。两人最初以师生关系在一所高中结识，因为在谈论关于世界和艺术等方面的话题时相谈甚欢，两人逐渐成了莫逆之交。加缪年仅四十六岁逝世之后，格勒尼埃为了缅怀英年早逝的故友，写过一篇名为《追忆加缪》的散文。

> 他不需要将内心世界的情感全部展现出来，因为他已经将内心的情感处理得冷静而具体化。因此，有时你与加缪见面交谈时会有一种被他完全看穿的感觉。不过在这里需要澄清的是，这种情况其实非常少见，与他的交谈大部分都是愉悦而充满智趣的。

在这篇文章中既可以感受到格勒尼埃对加缪的冷静客观的看

Chapter 3 要珍惜的人,要远离的人

法,也可以感受到他对加缪的真切怀念。悉心关怀对方的同时,也会给予正向的刺激来帮助彼此成长。如果一个人遇到了困难,另一个人会给予对方力量。真正的朋友就是如此吧,随着时间的流逝,灵魂会变得越来越成熟,生活也会变得越来越美好。

有一次和朋友们聊到这个话题,便顺便谈起了关于真正的朋友究竟能不能一起探讨彼此的价值观等深奥话题,我的看法是,虽然愉快地分享日常琐事很重要,但偶尔也能分享内心深处的故事,才是让生活更加丰富充实的深厚友情。阅读了作家金英夏的随笔《说》后,我更加确信了这一观点。

> 年过四十才醒悟的人生道理之一就是,朋友其实没那么重要。之前是自己想错了,如果少见那些朋友,我的人生或许会更加丰富多彩,不会有那么多浪费在酒桌上的时间,也不用刻意强迫自己去迎合性格阴晴多变的古怪朋友。现在想来,还不如用那些时间多读几本书、多睡一会儿觉或者多听几首音乐,哪怕在街道上漫无目的地散步也不错。二十岁的年纪,以为会和特定的一些人永远携手前进,也会害怕落单而强迫自己融入人群。可后来的我渐渐明白,现实并非如此。那些所谓的朋友最终会以各种各样的理由和我们分离走散。因此,我们真正需要的朋友是能够倾听我们的内心,让我们的灵魂

| 189 |

连我都不知道自己想要什么的时候

更加丰盈的那种人。

怎么样,你是否也同意作者的观点呢?我对作者所说的"需要让我们的灵魂更加丰盈的那种人"十分赞同,而"在酒桌上浪费了太多时间"这一句更是让我感到有些无地自容。当然,文中作者所说的"朋友其实没那么重要"这一观点,我想作者真正想表达的是我们需要那种能够走进自己内心的朋友。阅读这篇文章和上文提到的《追忆加缪》后,我再次自省到底要结交什么样的朋友,要以什么样的心态去维护友情。

如果不花心思努力的话,缘分就注定会疏远断绝。爱情和友情都是一样的,对于爱情我们尚且还能明白需要彼此努力维护,但对于友情人们就容易忽视怠慢。要知道,修复一段产生裂痕的关系是一件十分困难的事情。因此,我们不仅要为爱情努力,还要为友情努力。

能够共享回忆的朋友,
可以帮助拓宽眼界,
无论好坏都会陪在身边的朋友,
能够抚慰灵魂、携手成长,
希望你的身边有这样的朋友永远相伴。

Chapter 3　要珍惜的人，要远离的人

不再惧怕与他人产生误会

最近发生了一件令我感到有些伤心的事。

前些天我一直在为一件烦心事苦恼，后来和一位还算是比较亲近的熟人提起，本以为会得到那位熟人的理解，但他的回答却是："那算得上什么烦心事儿，又不是什么大事，有必要吗？"

我知道那位熟人说出这样的话也是出于好意，但我还是有些伤心。我需要的不是有人给我出谋划策，而是有一个人可以真正理解我内心的感受。听了那句话，顿时感觉"我"和那件"琐事"一起变得微不足道。

相信很多人都有过类似的经历，当时真的会很难过，可能也会与自认为亲近的人产生莫名的距离感并慢慢疏远。当然，反过来说，其他人也可能因为我的无心之语而受到过类似的伤害。

这么一想，理解别人真是一件不容易的事情。和弗洛伊德、荣格一起被称为现代心理学巨匠的阿德勒在《理解人性》这本书

连我都不知道自己想要什么的时候

中写道：

> 由于我们相互隔离的生活，我们之中没有人能够深刻地理解人性……家庭隔离了我们，我们的整个生活方式也抑制了我们与同伴之间那种必需的、亲密的接触，而这种接触对发展人性的科学和艺术是非常重要的。由于我们与同伴之间缺乏足够的接触，我们就变成了同伴的敌人。我们对待他们的行为常常是错误的，我们的判断也往往是错误的，而这一切都是因为我们不能够充分地理解人性。

这本书是把阿德勒在奥地利维也纳的一所市民大学讲授了一年的课程内容整理后出版的。阿德勒在其中写道，理解人性是一件非常困难的事情。这是理所当然的，因为每个人都是拥有不同性格、不同生活方式、不同人生经历的独立个体。因此，想要理解他人就要放下傲慢的姿态，承认每个人都是拥有不同人格和特质的个体这一事实。

作家金衍洙在短篇小说集《世界的尽头，我的女友》中也写过类似的话：

> 我对一个人能够完全理解另一个人这件事持怀疑态

Chapter 3　要珍惜的人，要远离的人

度。大多数情况下，我们都会误解别人。我们不可以轻易对别人说我完全理解你，比起这一句话，倒不如说我没有办法完全理解你说的话。人类发现自我的极限时，我反而可以感觉到一种希望。如果我们不努力的话，就无法互相理解。因为这个世界上有爱的存在，如果我们爱一个人，就必须要付出努力。我们为他人而努力的这一行为本身就体现了我们人生的价值。

理解他人确实是一件不容易的事情，因此我们需要不懈地付出努力。也正因如此，我们才会为了理解一个人而让一份爱一直得以延续。正如作家金衍洙所写的，理解一个人与爱一个人都需要我们不断地努力。如果你认为即使不表达出来别人也能够心领神会，那你的心意就永远无法传达给对方。越是亲近的关系，越要积极地表达自己内心的真实想法，当然，同时也要充分考虑对方的感受。

家人之间的相互理解也是一样的道理。虽然家人是在一起度过很长时间的最亲近的人，但是如果不去主动表达，那么再亲近的人也无法互相理解。

在我还小的时候，突然有一天，母亲让我暂时去朋友家住一段时间。虽然不知道个中缘由，但是我并没有什么特别的想法，

| 193 |

连我都不知道自己想要什么的时候

就那样在朋友家里待了将近一个月，开心地度过了那段时光。长大后，我才从母亲口中听到这样的话：

"承焕啊，你还记得爸爸生病的那段时间吗？"

"嗯？还有这种事吗？我第一次听说。"

妈妈看着我吃惊的表情说道："还记得你十岁那年去朋友家住过一段时间吗？那时候是因为爸爸病了，他不想让你看到自己生病的样子才把你送走的。"

我听了母亲的话后心想："不是，为什么呀？儿子看到自己父亲生病的样子又会怎么样呢？"我不能理解父亲的做法，反而因为他们故意瞒着我这件事而感到生气。

母亲好像看穿了我一样说："爸爸是因为太爱你了。他只想让你记住他最威风凛凛、最坚强的一面，不想让你记住他生病的样子。"

那时我还无法理解父亲，直到有一天，我也成了一个孩子的父亲。看着女儿稚嫩的脸庞，我终于理解了当时的父亲究竟为什么那样做。

我曾怀着那份心意，写了一篇《送给女儿的信》。父母爱孩子的心大都相似，所以很多人都会有同感。

那天以后，每当失落时，我便会想起这句话：

Chapter 3　要珍惜的人，要远离的人

"是因为爱你，太爱你了。"
你的爷爷奶奶爱着爸爸。
我现在完全理解了这句话的含义，
那是一种一切为我着想的心意。

女儿，爸爸想对你说的是：
"无论发生什么，
就像爷爷永远爱着爸爸一样，爸爸也会永远爱着你。"

爸爸也爱你，太爱你了。
虽然有时候很难说出爱你这种话，
会显得有些尴尬和老气，
但无论何时，我都是真正爱着你的。

当感觉这个世界对你无情时，
当感觉没有人能理解你的内心时，
请你不要忘记爸爸是爱着你的。
爸爸会永远站在你这边，
希望你记得，爸爸会一直在背后默默地支持着你。

连我都不知道自己想要什么的时候

> 即使竭尽全力，我也会坚持到底，
> 你要相信爸爸永远不会放开你的手。
> 爸爸的爱永远是指向你的，
> 因为你是因爱而降临这个世界的孩子。

> 女儿，爸爸爱你！

如果人与人之间缺少理解，就会产生许多不必要的矛盾。家人、朋友或恋人之间也会有因自尊心而争吵的情况，甚至会和学校或职场的前后辈发生冲突。范围再放大一些，地区和国家之间的误会变大了，就会发生各种纠纷。

有些人可能会说，时间久了误会自然会解开，但如果双方都不努力，那误会并不会轻易被消除。其实重点不在于我们难以理解的事实本身，而是即使难以理解，我们也会为彼此而更加努力地去爱。

即使无法完全理解，也会继续关注对方，尽最大努力去了解，这便是爱。阿兰·德波顿的小说《爱情笔记》中有对这种爱情和理解加以美好描写的场景，那便是在机场对第一次见面的克洛艾一见钟情的男主人公的样子。

> 一瞬间，我发现克洛艾的胳膊肘旁边摆放着一盘免

费赠送的果浆棉花糖。我突然莫名其妙地从语义学的角度获得了一种清晰的认识,与其说我爱上了克洛艾,不如说是棉花糖克洛艾。我始终不明白,为什么棉花糖突然如此符合我对克洛艾的感情。与因过度使用而显得沉闷乏味的"爱"字不同,它精确地表达了我内心的情感状态。更不可思议的是,当我托起她的手说要告诉她一件很重要的事情,并对她说"我棉花糖你"的时候,她似乎完全理解了我的意思,她说这是她一生中听过的最甜蜜的话。

把男主人公的告白语视为世界上最甜蜜的告白,这种理解与其说是单纯取决于语言的准确性,不如说是取决于内心的真实性。比起毫无诚意的"爱",包含真心的"棉花糖"更能准确地传达自己的爱意。虽然无法完全理解对方,但是也会真诚地走向对方,为了理解对方而不断地努力,这本身就是一种爱。

如果有这样的爱意,"我草莓你""我咖啡你"这些话都很好。只要是含有真情实意的告白,即使有一些误会又怎样呢?不再惧怕这些误会时,你就会变得更加强大。所以,如果你爱一个人,不要害怕,不要犹豫,对他说出一句真心话怎么样?不如就在现在。

Chapter 4

成为完整的自己
构建自己的世界

Chapter 4　成为完整的自己

自信而自由

你的人生目标是什么？如果有人问我这个问题，我将会回答："就是成为我自己。"也许有人会对这个回答感到诧异，你现在不就是在以自己的身份活着吗？对此，我想反过来问一问这些人：现在的你真的活成了你心中的那个"自己"吗？

我想应该没几个人能够给出十分肯定的回答。先不提是否活成了真正的"自己"，谈论"如何变成自己真正想要的模样"这个话题更具现实意义。对于之前的提问，我想回答"没有"的人应该会更多一些。虽然有些悲哀，但这的确是现实。比起做自己真正想做的事、自由生活的人，世界上更多的是在社会既定的框架下惶然度日，甚至连关照一下自己内心真实想法的时间都没有的人。

活出真实的自己并不是件容易的事，尤其是在当今社会。成为自己的重要前提之一是培养自尊，但现如今，在时刻关注着别

连我都不知道自己想要什么的时候

人的生活并与之进行比较的社会中维持自己的自尊实属不易。我们要牢记一点，那就是看似幸福的人生也有阴影和优缺点，如果只是片面地计较缺点，最终可能会导致优点也消失不见。阿姜布拉姆法师曾在《驯服醉酒大象》一书中讲述过一则关于那些正渐渐失去自我的人的故事。

有一位僧人建了一座寺庙，在完工之际发现其中一面墙上有两块砖看起来很碍眼。因为这两块砖，僧人终日忧虑要不要把这面墙推倒重砌。每次经过这堵墙时，他都对那两块砖十分在意，并为此感到羞愧不已。直到有一天，一位游客参观寺庙时静静地看着这面墙，对僧人称赞道："这真是一面美丽的墙。"对此感到诧异的僧人坦白说了那面墙有两块砌失败的砖。游客听后笑着说："虽然我也注意到了那两块有瑕疵的砖，但更吸引我的是剩下九十八块完好无损的砖的美感。"

任何人都会有"两块砖"这种程度的缺点，伟人也不例外，因为我们自身及我们的人生本来就是不完美的。人们总是无限放大自己的缺点，并进行自我评判，所以我们需要更加自信地发挥自己的优点。曾经的我也是缺乏自信的人，第一次进行"人生的文章"音频录制时就是如此，一直担心自己的嗓音不够清亮，语音不够标准，因为我上学的时候曾因为发音不标准而受过很多嘲笑。尽管为了解决这个问题我付出了不少努力，但留言中还是有

Chapter 4　成为完整的自己

不少恶评。如果说不难过那肯定是假的，只是每当这个时候我都会阅读下面这段文字，不断地给自己加油打气：

> 就像不能给予爱的人不能得到爱一样，不信任自己的人也无法得到别人的认可。要对自己给予无限的宽容，我们有值得这样去做的价值。至少对我而言，"我"这个存在是值得被宽容的。比起别人的冷眼相向，我更希望你能将别人不经意间露出的善意铭记在心。在确认别人的批判性视线和拒绝真的指向自己之前，请千万不要妄自菲薄，无条件地认为都是自己的过错。

这是德国心理学家芭贝·瓦德兹基在其作品《你不能伤害我》中说的一段话。作者提倡给予自己无限的宽容，这给我带来了很大的安慰。不要无条件接受别人对自己的缺点进行的批评，要肯定自己的存在价值，对自己给予无限宽容等建议都深深触动了我。

我们常常听到别人说"要学会宽容和原谅"，他们指的多是原谅他人，其实学会原谅他人的同时，我们也要学会原谅自己。作家金素云在《我决定做我自己》中说过这样一句话：

连我都不知道自己想要什么的时候

我得出的最终结论就是,即便世界认为我是毫无价值的存在,我也必须尊重我自己,并坚信我可以用最真实的姿态活下去。

活出自我的前提是从肯定自我开始的。不要过于纠结自己的缺点,从而忽视了自己身上的闪光点。要坚信,你就是世上独一无二的存在,每个人的人生都有不可替代的价值。即便有缺点,也要相信我们身上有更多优点值得我们感到自豪,我们可以自信而自由地活着。

为了活出属于自己的人生,我们首先要做的不是在意别人的视线和评价,而是不断进行自省,不断对自己提问:

你每天的历史是什么样的呢?请回顾一下自己每天的行为习惯吧,每天的历史都由你的习惯写成。那些习惯究竟是琐碎无用的、怠惰的产物,还是勇气和创造性思维的产物?

这是尼采在《快乐的知识》中提出的问题。为了拥有属于自己的生活,就要不断向自己提出这样的问题。不因别人的评价标准动摇,而是自行评判是否勇敢地活出了自我。

活出自我不同于游览平静无波的湖水,它更像是在一望无

Chapter 4　成为完整的自己

际的大海中航行。我们有时会遇到狂风巨浪,有时也会度过苦难的时刻,但经历了各种艰辛的你最终会收获在小小的湖水中无法得到的崇高的意义和价值,拥有独属于自己的坚定不移的人生态度。

最后,我想对那些为了自己的人生而鼓起勇气出海航行的人分享一句话。这也是被《希腊人卓尔巴》的作者尼科斯·卡赞扎基斯当作墓志铭的一句话:

> 我一无所求,我一无所惧,
> 我是自由的。

连我都不知道自己想要什么的时候

活着就是要面对离别

"伯母肯定去了一个幸福的地方。"

身着素衣的众人走到母亲面前对她说着安慰的话。周围的亲戚们都穿着黑色丧服悄悄地抹眼泪。其实每个人都心知肚明，此情此景面前任何安慰都是苍白无力的，但依然要感谢有人能够陪在身边。

悲伤总是这样突然降临。我们每个人都会经历不同程度和各种形态的悲伤，没有人能够对另一个人的悲伤完全感同身受。因此，忍受悲伤是每个人必须独自经历的事情，谁也无法代替。即使经历的是相似的悲伤，有的人可以轻易地走出阴霾，有的人却会长期陷入绝望，究竟哪种方式正确全凭自我判断，旁人无法干涉。

大家对我说要鼓起"勇气"，但真正需要勇气的时候其实不是现在。在她生病时，在照顾她却只能眼睁睁

Chapter 4　成为完整的自己

地看着她痛苦悲伤时，在我必须要隐藏自己的泪水时，每一次逼自己做出决定时，强迫自己装作若无其事时，才是我真正需要勇气的时候。

　　于我而言，勇气现在意味着活下去的信念，而活下去则需要无比巨大的勇气。

这段文字出自于哲学家、批评家罗兰·巴特的《哀悼日记》，书中收录了作者在母亲去世后写的简短日记和笔记。巴特每天把母亲离世后感受到的悲伤和对她的思念之情记录在被切成四等分的打印纸上，而这些装在箱子里的纸条在巴特去世三十年后的2009年才得以面世。

这本书哀切地描写了巴特的丧母之痛。他说，看护生病的母亲时需要的勇气，与母亲不在后继续坚强地度过余生的勇气相比不值一提。咀嚼这段文字中的每一句话，都可以体会到巴特深沉的悲伤。

外婆去世的时候，母亲在殡仪馆失声痛哭的样子至今还深深地印刻在我的脑海里。在葬礼上，我从母亲的悲痛中明白了，即使从外婆病重之时就已经开始做心理准备，但离别的那一天真正到来之时，之前做的所有心理建设都将功亏一篑。光是想象一下"我的父母去世的那一天，我会是什么样子，我是否能承受住那

连我都不知道自己想要什么的时候

种悲伤"，心中都会悲痛万分。

生活中，总有一天我们也要面对与所爱之人离别的时刻，这意味着我们不得不接受我们爱的人总有一天会在这世界上消失的事实。罗兰·巴特和我母亲经历过的痛苦总有一天我也会经历。在这种悲伤面前，我们几乎是无能为力的，除了理解任何人都会经历这种无尽的悲伤外，我们所能做的就只有平静地接受现实并尽可能谨慎地给予真挚的安慰及悼念。

哲学家雅克·德里达借鉴了笛卡尔的名言说"我哀悼，所以我存在"。只有通过对他人的痛苦产生共鸣，给予别人安慰，即通过哀悼我们才能守护"人性"。人都是和相爱的人一起生活的，因此，失去所爱的悲伤同样也是不可避免的。所以，学习悲伤、学习哀悼其实也就是了解我们自己的过程。

那么，我们究竟应该进行怎样的哀悼呢？翻译家兼文学评论家王恩哲教授在自己的随笔《哀悼礼赞》中介绍了心理学家弗洛伊德安慰一位失去儿子的朋友的一封信：

> 我们知道在极度的悲痛过后这种状态最终也会得到缓解，同时我们也知道我们将处于任何安慰都趋于无效的状态，也不会找到任何可以分担我们痛苦的人。不管是用什么填补这道裂缝，即使日后这个缝隙完全被填平，其表面还是会留有痕迹。实际上也理应如此，因为

Chapter 4　成为完整的自己

那是我们永远不想放弃爱而使其得以延续下去的唯一方法。

失去所爱之人后出现的空隙，我们都是带着这样的伤痛生活的。有时也会有这种想法："在没有所爱之人的世界里这样吵吵闹闹地笑着生活真的可以吗？""我真的有深爱过他吗？"这种想法大多会伴随着负罪感。

面对离别时，一直沉浸在悲伤中并不是最好的哀悼方式。尽情地表达自己的喜怒哀乐去生活，因为那才是"让不想遗忘的爱永远延续下去的唯一方法"。就像在失去的伤痛中留下伟大作品的罗兰·巴特、约翰·伯格，以及与亲爱的家人一起创造幸福记忆的母亲一样。

曾经和朋友们进行过这样的谈话。小时候对半夜打来的电话会感到无比欣喜，而现在则首先是感到害怕。无论是谁，与相遇相比我们面对离别的时刻更加频繁，而这样的离别，无论经历多少次也始终无法适应。

即便如此，我们也要继续努力生活。就像在接力赛中接过接力棒一样，彼此共同分担悲伤，互相给予温暖，而不是虚度眼前的时光。因为带着已经离开的人的那一份，尽最大努力幸福地活着，是我们对所爱之人表达的最深的爱意。

连我都不知道自己想要什么的时候

追梦，不会成真的梦

有一名男子向着巨大的风车冲去。他的两手分别举着矛和盾，瘦削的身子上披着过大的、破旧的铠甲。骑的马瘦小而苍老，正气喘吁吁地喘着粗气，气势却相当威风凛凛。这人表面上看起来像个怪人，但越了解越觉得他是一个魅力四射的勇士。他是我最喜欢的文学作品里的角色之一，他就是堂吉诃德。

事实上，小时候的我只接触过漫画和文学作品全集中的塞万提斯的小说《堂吉诃德》。后来作为书展策划人才在活动的时候第一次阅读了全译本。书看起来比字典还厚，而且足足有两本。一开始我被它的厚度吓到了，但调整呼吸后，我抱着堂吉诃德冲向巨大风车般的勇气开始阅读。

虽然故事篇幅比较长，但随着堂吉诃德和桑丘·潘沙还有驽骍难得一起进行愉快又惊险的冒险旅程，自己的身上好像也涌起了一股勇气。对于"真正的骑士"所要具备的特质，作者进行了如下描述：

Chapter 4　成为完整的自己

> 追梦，不会成真的梦。忍受，不能承受的痛。挑战，不可战胜的敌手。跋涉，无人敢行的路。改变，不容撼动的错。仰慕，纯真高洁的心。远征，不惧伤痛与疲惫。去摘，遥不可及的星！[①]

上述文字虽然带有浪漫主义色彩，但它至今仍能给我们带来许多感触。在冒险旅程的结尾出现的是堂吉诃德墓碑上所刻的文字：

> 邈兮斯人，勇毅绝伦，不畏强暴，不恤丧身，谁谓痴愚，震世立勋，慷慨豪侠，超凡绝尘，一生惑幻，临殁见真。[②]

通过《堂吉诃德》，我们能够学习到主人公不屈的挑战精神、果断的判断力，以及坚守信念的强大勇气。俄罗斯小说家屠格涅夫曾将人类分为两种类型——哈姆雷特型和堂吉诃德型。与思虑缜密、谨言慎行的哈姆雷特不同，堂吉诃德虽然会犯错，但他同时也是有着非凡勇气和强大执行力的人。作品中对各种人

[①] 引用程何译《我，堂吉诃德》剧本。
[②] 引用杨绛译本。

连我都不知道自己想要什么的时候

物角色的刻画深刻体现了作者对人类不同本性的敏锐洞察。因此，挪威诺贝尔研究所曾将《堂吉诃德》评为文学史上最伟大的小说。

之所以会在这里提到堂吉诃德，是因为从他身上可以学到的勇气正是我们生活中最需要的要素。如果没有勇气的话，我们只能无能为力地度过每一天。如果没有勇气，我们就连把心中的梦想变为现实的想法都不敢有，在所爱之人面前也会一直犹豫不决。歌德就曾说道：

> 失去金钱只算是小损失，失去名誉算是大损失，但失去勇气就意味着失去了一切。

除此以外，法国作家保罗·布尔热也曾说过：

> 鼓起勇气随心所欲地生活吧！在不久的将来，你会活成你想要成为的样子。

这些格言至今仍会给站在人生十字路口彷徨的我带来许多勇气。虽然我从未觉得自己写作水平很高，更没有觉得自己有资格给他人传授写作技巧，但如果受朋友所托去讲课的话，一定会强调的一点就是：如果想写文章就立刻拿起笔开始行动。

Chapter 4　成为完整的自己

实际上，从不写到拿起笔开始写这一转变过程需要很大的勇气，因为难免会和其他优秀文章做对比并进行自我检讨，也会害怕别人的看法和评价。如果因为畏惧这些而不敢开始，那将一辈子都写不出任何文章。

> 去行动吧，无论是去做什么，哪怕是微不足道的小事也没关系。在死神来临之前为你的生命赋予价值。每个人都不是生来无用的，去寻找你来到这世上的意义所在吧。你的人生使命究竟是什么呢？你并非偶然降临这个世界，请牢记这一点。

这是贝尔纳·韦尔贝的小说《蚂蚁》中的文字。这是一部不仅在韩国深受欢迎，在全世界也深受读者喜爱的作品。其令人惊叹的想象力和精妙的细节设定能让人读得废寝忘食。"所有人都不是毫无意义地出生的，一个人出生后的使命不是由社会或他人给予的，而是要自己去寻找发现的"，这句话带给我很大的勇气。

在这里想和大家分享一个足以载入人类史册的关于勇气的事例。那就是1970年12月7日，一个男人在华沙犹太隔离区起义纪念碑前果断下跪的故事，这个人就是当时联邦德国的总理勃

连我都不知道自己想要什么的时候

兰特。

在第二次世界大战中被纳粹德国残害的波兰华沙犹太人的纪念碑前，他打破了"应该只会哀悼表示遗憾"的众人的预想，鼓起勇气下跪谢罪。作为一位国家总理，这是会引起巨大政治影响的行为，但是他认为低头谢罪不足以弥补过错，所以最终鼓起了勇气。勃兰特的这一行为被后人评价为"虽然跪下的是一个人，但站起来的却是德国整个民族"，也被视为对待历史问题的最佳典范。

除此之外，我们也经常会看到为了对抗社会上的非正义或者为了别人而甘愿牺牲自己的人，为了自由与平等，为了独立和民主，为了消除种族歧视和性别歧视而献身的许多人。正是因为他们的勇气，人类社会才会有如今的面貌，我们才能够走向更美好的未来。

我们在日常生活中也需要许多勇气。例如，在我们需要勇气来改变自己时，当我们做错事情需要认错道歉时。爱情同样需要勇气，而这种爱人之心恰好也会培养勇气。在这里我们欣赏一下诗人龙惠媛的《浸染我心的你的爱》：

　　我仰望着你生活。
　　想着你，

Chapter 4　成为完整的自己

爱着你，

就会给我的生活带来希望，

仿佛世间的所有都属于我。

我无比思念，

在我心中灿烂微笑的你。

比起伤心痛苦，

更希望得到你的爱。

如果不能爱你，

我的心会逐渐枯萎，

狼狈不堪得连活下去的勇气都没有。

如果无法用我深沉的思念去爱你，

那么世间的路均无处可去。

如果得不到爱，

就仿佛陷入无尽的黑暗。

被你浸染的心，

渴望着能够拥有你给予的爱。

我想大家应该都有因为没能鼓起勇气表白而错过的爱情，有

连我都不知道自己想要什么的时候

些人可能会因为自尊心而没能说出对不起,从而伤害了对方。我也有过这样的经历,我直到后来才明白,这一切都是因为自己的胆小懦弱。在爱情面前,我们千万不能胆怯,要拿出勇气才行。诗人在文中告白说"如果不能爱你,我的心会逐渐枯萎,狼狈不堪得连活下去的勇气都没有",换句话说,给予我们最大勇气的就是爱。每天早晨上班前,家人对我们说的"加油""一路顺风"或从朋友、恋人那里听到的"我爱你"之类的话都能给我们带来爱的力量。正如诗人所说,"如果得不到爱,就仿佛陷入无尽的黑暗",最终失去了活下去的勇气变成空壳。因此,我们所有人都需要勇敢地去爱。

> 我们的人生只有一次,
> 这就是我们必须充实度过每一天的理由。

> 我们并不是在代替别人,
> 而是活在只属于自己的人生,
> 因此我们更要大胆地去挑战。

> 即使失败了也没关系,
> 因为成功从来都是从失败中萌芽。
> 如果因缺乏勇气而不进行任何尝试,

Chapter 4　成为完整的自己

最终虽然不会经历失败,但也绝不会收获任何成功。

勇气会给予我们更多的机会,
去实现梦想和爱,
也会帮助我们弥补过错,恢复关系,
并为我们注入信心和活力。

因此,没有道理不鼓起勇气,
哪怕只是向前迈出一小步,
也能拥有改变自己、改变世界的力量。

不要失去勇气。
不要轻言放弃。
为了自己的人生和所爱之人,
现在,立刻为自己注入勇气吧!

连我都不知道自己想要什么的时候

真有那么一个人，可以成为我人生的意义吗

"承焕，你的存在就是我人生的最大意义啊。"

有一次提到"人生最大的意义是什么？"这一问题时，父亲是这样回答的。听到这个答案的时候，我的内心既感动又心酸，没想到对于父亲而言，他人生的最大意义不在自己，而是作为儿子的我。

每个人都有自己生命的意义。那些不能马上说出答案的人，只要给他们充分的时间好好想一想，肯定也会找到对他自己而言有价值、有意义的东西，那就是支撑着我们度过每一天的最根本的力量。如果你还不明白那是什么的话，读完这篇文章应该会对你有所帮助。

只要我们彼此相爱，并将这份爱珍藏于心，那么死亡就不是真正的终结。我们创造的一切爱仍然存在，所有的记忆也都完好地被封存。我们依然活着，活在所有

Chapter 4　成为完整的自己

你曾爱抚、触摸过的人的心中。

这是米奇·阿尔博姆在《相约星期二》中所写的一段话。这是一部在韩国乃至全世界都深受读者喜爱的畅销作品，很多人都读过这本书，它同样也给我带来了颇多感触。特别是读到"只要还有爱的情感和记忆，就能够继续活下去"这一处时，我感到十分震撼。只要有爱，死亡就不是存在的终结。这段话表现了人与人之间羁绊的不灭性和重要性。

在别人心目中你是个什么样的人呢？在别人眼中，你的言行举止是否是谦和有礼，具有亲和感并充满善意的？读了这篇文章以后，我下定决心要尽可能和蔼可亲地对待别人。

米奇·阿尔博姆每逢周二都会抽空去拜访大学时期的恩师莫里·施瓦茨教授，与他谈论关于生死、人生的意义等话题，后来他把这些内容整理成书，也就是《相约星期二》。当时的莫里教授身患渐冻症，所剩时日不多。就像前面提到的句子一样，他传递了"死亡虽然终结了生命，但我们之间的羁绊并未消失"这样的信息，帮助我们思考人生的意义。

太多人过着毫无疑义的生活，即使他们认为自己是在为很重要的事情忙碌，实际上仍然只是庸庸碌碌的。因为他们只是在追求一些荒唐的东西。想要有意义地生

连我都不知道自己想要什么的时候

活,就要为爱献身,为自己所属的共同体献身,为赋予自己生命意义和目的的价值观献身。

是的,想要有意义地度过人生,就必须要幸福,而最极致的幸福恰好是通过爱获得的。需要明确的一点是,爱并非单方面付出就能得到,它需要双方的相互付出和回报。因此,为了爱我的人和我爱的人,致力于追求人生意义和目的的工作才是让人生变得有意义的正确方法。我们不应该在无意义的事情上荒废时间,更没必要过度在意旁人的看法和评价。

正如莫里教授所说,人生的意义就在于学会如何表达爱,以及接受别人的爱,但我们实际上并没有认真思考究竟该如何去做。当然,最重要的肯定是真诚。

在生活中,对我们而言最应该爱的人到底是谁呢?以前的我并没有意识到,但随着年龄的增长,我慢慢地意识到了它的珍贵,那就是家人。家人就像水和空气一样,我曾认为它是理所当然的存在,所以忽视了它的价值。后来,我读到了一篇文章,让我切身体会到了家人的重要性。

你的那些衣服该怎么处理呢?所爱之人去世后随之而来的这些问题,估计还会在家里无数次上演……这些

Chapter 4　成为完整的自己

问题就像没有人能够回答的私密问题般一直在周围的空间浮现。我想把你的几件衣服挂在这篇文章中。

这是约翰·伯格的随笔《妻子的空房间》中的一段话。他是一位荣获布克奖的小说家,也是画家兼评论家。在他的众多作品中,我尤其喜欢这一部。这是作者在人生伴侣离开后写下的作品,让我们切实感受到了家人的珍贵和爱情的意义。

每当读这篇文章的时候,我的眼泪就会止不住地流。因为我能够体会到作者所描述的故人离别之后,剩下的人还要怀着悲痛的心情和对故人的思念继续活下去的那种感受。"把你的几件衣服挂在这篇文章中"这句话所包含的真心,真切地表达了作者对妻子的思念之情。然后我突然理解了父亲曾经说过的"你的存在就是我人生的最大意义"这句话究竟意味着什么。我最大的快乐和幸福并不在遥不可及的远方,而是就像父亲说的那样,就在我身边触手可及的地方。

追求自己的快乐和目标固然很重要,但是请不要忘记一直守护在身边的家人。我希望你在追求梦想的同时,也能够守护家人的幸福。

你,
就是我人生的意义。

连我都不知道自己想要什么的时候

因为你，
我才能够拥有一颗善良的心，
才学会用善意的目光看待世界。

因为你，
不因为与世界相悖动摇，
不改初衷，
不惧伤痛。

因为你，
学会了如何正确地面对人生，
学会了如何去信任别人。

在平凡又微不足道的日子里，
是你让我拥有了感知幸福和恩情的能力，
让我拥有珍贵而耀眼的每一天，
让我成为了能够拥抱世间温情的人。

你就是我人生的全部意义。

Chapter 4　成为完整的自己

遨游在浪漫海洋中的方法

　　某个秋季的一天，为了观赏被染红的枫叶，我和妻子、女儿一起来了雪岳山。来这里的人很多，大家都想尽情享受秋天的韵味。我们一行人的正前方有一群穿着五颜六色登山服的中年女性，她们看着掉落的枫叶说："哎呀，真漂亮！怎么这么漂亮。"并把枫叶插在了对方的头上。

　　因为那个情景看起来太浪漫了，所以我微微笑了笑。身旁的女儿好像也觉得那个场景很美好，也捡起枫叶说："哎呀，真漂亮！"然后把枫叶插到了头上。她那个样子实在是太可爱了，让我有些忍俊不禁。那天学到的"枫叶真漂亮"这句话，女儿在那之后也说了一段时间。因此，就算重新回到了为工作忙碌的日常中，只要看到路边的枫叶，就会浮想起女儿的样子，心里就会感到非常幸福。

　　果然幸福并没有什么特别之处，寻找这种日常生活中细微的快乐和浪漫才是幸福吧。不管平时生活多么繁忙，这些事也都是

连我都不知道自己想要什么的时候

可以做到的。在午休时间抽空散步，喝一杯茶，和朋友们聊天，在寒冷的冬天用哈气温暖爱人冻僵的手，这些都是日常生活中的快乐和浪漫。只要稍微有一点悠闲的时间，紧绷又干燥的生活就会变得非常柔和。

偶尔也会产生这样的想法：明明活得很努力了，但为什么还是这么空虚呢？我现在活得到底算好还是不好？怎样才可以活得更好一点？一个接一个的疑问和后悔的思绪让人辗转反侧。每当这种时候，我就会因为深深的懊悔而流下眼泪，也会因为脑海中填满的遗憾感到无力。当我们在想要忘记什么、为自己该寻找什么而苦恼的时候，我们所需要的其实是日常生活中的乐趣和浪漫。韩国版《赫芬顿邮报》的主编金道勋在《我们现在开始聊浪漫吧》中这样说道：

> 世界上充满了患抑郁症的人。人们因为患抑郁症就去吃药。但会这样不仅仅是因为抑郁的情绪，而是大脑在发出不可避免且不可逆转的信号。它在坦白告知，你需要去寻找医院，需要重新整顿自己，需要重新找到与这个世界的连接点。对于这些人，他们所需要的是亲切。亲切并不能拯救你的朋友，也不能拯救这个世界，但是我们可以从亲切中发现拯救世界的微弱可能性。归

根结底，我们只是渺小的人类，而渺小的个人和个人之间会通过各种方式倾听对方的心声，以此生活在这个世上。

浪漫不仅仅是回忆和怀念过去，而是一种深情地看待这个世界、自己的人生和他人的人生的态度。

听到"浪漫"这个词你会想到什么？如果现在你正爱着某个人，应该会有和他一起创造的浪漫吧？除此之外，应该还有曾经的爱情回忆、与家人幸福相处的时间、在旅行地享受自由的时光等多种浪漫。一提到浪漫，我就会想起戈雅、透纳的画和歌德、海涅、拜伦等作家，他们都是创造浪漫、让浪漫主义艺术绽放的艺术家。

"浪漫"这一单词是日本作家夏目漱石把浪漫主义(Romanticism)音译而成的词，没有其他意义。在当今社会，它意味着不拘泥于现实，憧憬着梦想或幻想的世界，以感性、理想的态度看待世界。在这个主动展现自我个性的时代，浪漫为我们以自由而广阔的思维方式追求理想提供了推动力。

浪漫主义是18至19世纪席卷了整个欧洲的艺术思潮，在那之前，统治着欧洲的是追求逻辑、理性、均衡的严格的古典主义，而随后浪漫主义便持反对意见登场了。它认为美并不在于客观的理性和均衡，而是取决于主观的感性认识。该时期的代表作品是

连我都不知道自己想要什么的时候

歌德的书信体小说《少年维特之烦恼》。它细致地描写了坠入爱河的人的情感，是一部至今仍备受喜爱的作品。这本书中对浪漫的人生是这样描写的：

> 可是，谁不怀奢望地看到这一切的后果，谁看到市民的幸福就在于循规蹈矩地把自己的小花园拾掇成伊甸园，看到不幸的人也在不屈不挠地、气喘吁吁地继续向前走去，大家同样都希望还能多看一分钟太阳的光辉——那么，他的心境就会是平静的，他也从自己的心里创造了一个世界，他也是幸福的，因为他是人。所以，无论受着怎样的束缚，他心里始终深怀美好的自由之感，他知道，他随时都可以离开这个樊笼。[①]

就算这个世界像樊笼一样，只要自己愿意，随时都能找回自由的感觉，这就是浪漫。浪漫并不是遥不可及的，只需要去寻找属于自己的小幸福。侍弄几盆小花，睡前看会儿书，自己寻找到的一切闲适都是浪漫。无论在怎样的困境下都不会灰心气馁，不被其他人的评价束缚，而是忠实于自己的感情，踏踏实实地走只属于自己的道路，坚持不懈地去寻找幸福，这就是浪漫的人所具

[①] 引用韩耀成译本。

Chapter 4 成为完整的自己

有的惊人能力。

如果觉得人生乏味苦闷，那么尝试着寻找人生中微小的浪漫怎么样？不在已逝去的过去或遥远的未来，就在现在，去寻找和享受我们眼前的浪漫。如果能好好地享受今天的浪漫，就会发现，原来只有单调灰色的人生不知不觉中又重新找回了自己的色彩。

如果有人认为浪漫是只有青春时期才会拥有的，那么我希望他能读一读下面这段话。

> 柔软的身体和活泼如弹簧般的步伐，全身散发出的生机感，对人生挑战的自信，这些都很动人，但青春之所以美丽，也许是因为还处于没有丧失浪漫，会陷入甜蜜爱情的年龄。

这是张英姬教授的《今晨像祝福一样的花雨》中的文字。这段文字之所以能够让我的内心产生共鸣，是因为我深知作家所走过的艰难历程。出生一年后因患小儿麻痹症被判定为一级肢体残疾的她，直到小学三年级为止，一直都被母亲背着上学。在如此艰难的现实中，她还是被西江大学英语系录取，在纽约州立大学奥尔巴尼分校获得了英语博士学位，并成为西江大学的教授教育学生。可她的苦难仍在继续，2001年确诊乳腺癌，2004年又被诊断出患脊椎癌和肝癌。静静地吟咏这篇文章，你会感受到尝尽生活的苦楚后，仍然歌颂青春之美的作者温暖的内心。

作者将青春之美归结为"还处于没有丧失浪漫，会陷入甜蜜爱情的年龄"。那么，如果所有人都能不丢失浪漫，拥有美好的爱情的话，是不是就意味着青春时的人生之美以后也可以继续享有？愿我们每个人都能拥有属于自己的浪漫之海，随时都能在其中自在遨游。

Chapter 4　成为完整的自己

然后，人生会变得美丽

　　如果和心爱的妻子、孩子一起被关在集中营会是种什么样的心情呢？光是想象就会觉得灰败，实在无法用美丽的目光看待这个世界。在这样的现实中，父亲为了不让孩子失去笑容而竭尽全力，用善意的谎言告诉儿子"无论如何，人生是美丽的"。这就是至今仍被奉为经典的电影《美丽人生》中的场景。

　　就像电影中一样，无论是谁，都想让人生变得更加美好。但是，生活中辛苦和困难的事情太多了，很难轻易体会到它的美丽。另一方面，我们非常注重外在美，很容易忽视培养我们的内在美。

　　那么，怎样才能寻找到真正的美呢？现如今，我们充分享受到了物质上的丰饶和美丽，但我们本能地知道，仅凭外在的改变和物质上的满足是无法找到这个问题的答案的。我们仍然会感受到一种莫名的空虚感，为了寻找到它的答案，我们会去读书，去学习哲学和历史。

连我都不知道自己想要什么的时候

我决定先从艺术中寻找答案，那就是文化和艺术美丽绽放的文艺复兴时期，是黑暗的中世纪衰败湮没，"个人"诞生，对人生及人生之美进行各种思考的时期。

说起文艺复兴的代表性艺术作品，我最先想到的是佛罗伦萨大教堂，一座由伟大的艺术家菲利波·布鲁内列斯基设计，以壮美的穹顶为显著特征的大教堂。菲利波·布鲁内列斯基发明的透视画法在艺术史上产生了巨大影响，有趣的是，他设计佛罗伦萨大教堂的契机源于一次失败。

1402年，在要把圣若望洗礼堂的木门替换成青铜门的时候，教堂开展了一场关于门上浮雕设计的作品选拔。当时许多大名鼎鼎的雕刻家都参与其中，简直就是一场评选当代最佳雕塑家的比赛。布鲁内列斯基虽然在这次创作比赛中入围了候选名单，但最终还是败给了雕塑家吉贝尔蒂。吉贝尔蒂的作品被米开朗基罗评价为"像天堂之门一样美丽，让人想一直站在它面前"，因此获得了"天堂之门"的别称。

虽然结果令人失望，但布鲁内列斯基并没有屈服于失败。他前往罗马研究古代建筑，再次回到佛罗伦萨，建造出了无人能及的作品——佛罗伦萨大教堂的穹顶。没有因一次失败而一蹶不振，通过再一次的挑战成为伟大建筑家的充满热血的人生可以说是非常美好了。

Chapter 4　成为完整的自己

在讲人生之美的时候，谈起文艺复兴和佛罗伦萨大教堂的故事是因为我对那个地方存在浪漫的幻想。这个幻想是因为阅读小说《冷静与热情之间》产生的。辻仁成和江国香织，两位小说家分别站在男主人公和女主人公的立场上写的这部作品受到了很多人的喜爱，甚至还被制作成了电影。

"答应我吗？"那一天，我鼓起了平时没有的勇气问道。对于我来说，那是有生以来第一次的爱情告白。如果要去佛罗伦萨大教堂的话，无论如何都想和他一起。我是这么想的。"好吧。2000年的5月，那时就是21世纪了。"……以为一直能和顺正在一起。虽然我们的人生是从不同的地方开始的，但一定会在同一个地方结束。

在谈起美的时候，爱情是必不可少的。读了这篇文章，我产生了对佛罗伦萨杜莫大教堂的幻想。在何时何地一定要再见面，我们经常会做这样海誓山盟般的约定。虽然大部分约定最终都没能实现，但是做这些约定时的真心是十足闪耀和美丽的。一想起那时候青涩的样子，就不禁会笑出声来。

我们能感受到美的情感并不是只有恋情。充满人性的对他人的关怀之爱也是非常美好的。还记得《九岁人生》这本书吗？这是很久以前在某电视节目上被介绍并受到很多人喜爱的作家卫奇哲的小说。以20世纪60年代庆尚道的山村为背景，通过九岁小朋友充满童心的眼睛，以深情且温暖的笔触描绘出被冷落的穷苦人们的日常生活。虽然和现在的背景有很大不同，但我认为我们今天仍可以从这本书中寻找到让精神富足的方法。

> 人绝对不是孤单，也不是寂寞的存在。成为彼此的力量和安慰，随后人生也会变得美丽。

是的，让人生变得美丽的大概就是这些吧。成为彼此的力量和安慰的时候，一起分享的时候，人生就会变得更加美丽。我还想和大家分享同一个节目中介绍的小说，一部将花的美丽与我们的生活联系起来的打动人心的作品。

> 伸了伸懒腰环顾四周，看到阳光照射到的每个地方都有小草探出绿色的嫩芽。桐洙不知道这些在阳光不怎么能照射到的工厂一角的小草，究竟是怎样熬过这漫长的冬天的，他还担心稚嫩的蒲公英苗能不能在狭窄的铁门缝中扎根开花。即便如此，他还是很想看到蒲公英开出的黄色小花。桐洙蹲在蒲公英的旁边，用手指拢过墙

Chapter 4　成为完整的自己

下堆积的尘土，覆盖在它的根部说道：

"是怎么熬过这么长的冬天长出来的？你一定很孤独吧？但是像这样发出了芽之后是不是很开心？到处都有很多朋友。来，看看，我们工厂旁边，马路对面的铁器厂那里都有你的朋友。我本来也很孤独，也很累，但是多亏了朋友们，现在没事了。我们做朋友吧。虽然这里有点窄有点闷，但是也要忍耐，要好好长大。我每天早上都会来这里陪你玩的。"

读完这本书后，我流下了很多眼泪。《锄嘴村的孩子们》这本小说以"锄嘴村在仁川也是最古老的贫民地区"这句话开篇，没有怜悯和同情，是一部冷静客观地描绘了被甩在经济增长背后的无力挣扎的人们的作品。相信大家读了之后肯定会被感动到，因为我们能从筋疲力尽得快要死去的蒲公英为了绽放出美丽的花朵，在严寒的冬天里坚持下来的样子中感受到超越时代的生命之美。"我本来也很孤独，也很累，但是多亏了朋友们，现在没事了"，我从主人公的这句话中领悟到，无论在什么情况下，只要有能够一起分享、互相安慰的人，我们的人生就一定是美好的。

《九岁人生》和《锄嘴村的孩子们》里的景象与现在的社会有很大不同，不知道那个时代的人读这本书的时候会有什么样的想法呢？但是我相信，这个故事中蕴含着可以超越时代的力量。

连我都不知道自己想要什么的时候

到这里为止，我们一直在谈论如何让人生变得美丽。美丽既可以从像布鲁内列斯基一样永不放弃的热情中找到，也可以从与恋人的美好爱情中找到，亦可以像《九岁人生》和《锄嘴村的孩子们》一样，从在艰难的境遇里的相互安慰中油然而生。而这一切的共同点，就是所有的美丽都不存在于已消逝的过去和遥远的未来，而是存在于现在。

获得普利策奖的诗人玛丽·奥利弗在随笔《完美的日子》中如此讲述了美丽：

> 冬日早晨的霜冻中传来了令人欣喜无比的传闻。美是具有目的的，能通过直觉感受到这一点就是一生中每个季节给予我们的机遇和喜悦。

今天抬头看过几次蓝天？云是什么样的形状？上下班的路上看到路边盛开的野花了吗？就像这样，我们每天都会错过许多美好。并不只有社交媒体上的照片才是美丽的，正如诗人所说，季节的变化中也蕴含着美，文学或艺术作品也是如此。重要的是，要培养我们发现日常生活中美的事物的眼光。愿大家能够尽情享受日常生活中形形色色的美丽，这样我们所有人都会成为美丽的花，将芬芳的香气散发到各个地方。

Chapter 4 成为完整的自己

你和我，共同存在于这个世界

不知从什么时候开始，独自一个人吃饭的时候变多了。在大学的时候，如果没有一起吃饭的人，我经常会不吃饭饿肚子，但是自从开始上班，便渐渐习惯了一个人吃饭。也许是像我这样的人变多了，现在独自喝酒、独自吃饭这样的话经常被使用，餐厅里的单人餐也逐渐多了起来，大家不再认为一个人独处是一件令人尴尬的事情了。环顾周围，就会发现现在单人家具也变得非常多，因为消费或居住文化都会随着人们的认知变化而改变，这是一件很自然的事情。

从只强调集体的文化转变为尊重个人的文化的现象是非常好的，但是无论什么事情，只要有光明的一面，就会有阴暗的一面。彼此之间毫不关心的结果就是会出现被社会孤立的人，甚至偶尔还会听到因为没有任何人知道而一个人孤独死去的事件。如果是因为想一个人生活而独自生活还好，但是如果非自愿而被孤立的人越来越多的话，那就会产生问题。那么我们应该如何在

连我都不知道自己想要什么的时候

"独自"和"一起"之间保持平衡呢?

事实上,对于我们来说,这两个都很重要。人类既是独立的存在,同时也是集体的存在。世界上的任何一个人,都无法独自出生和生活,我们的名字只有在被其他人称呼时才会有意义。既然并不是像鲁滨逊·克鲁索那样被困在了无人岛,那就应该与其他人建立关系。爱情或友情等在生活中极其重要的情感中,都需要有其他人的存在。因此,心理学家兼大众哲学家斯文·布林克曼在《需要哲学的时刻》中称我们为"关系性的存在"。

需要关心别人的原因是,人生是相互依存的。生活根本上就是以各种方式建立关系,通过这种关系,将那个人人生的某种东西掌握在自己手中。

当相爱的两个人见面时,最先做的事就是牵手。布林克曼说,我们的人生就是这样,是向其他某个人伸出手,又抓住别人伸出的手的旅程。这篇文章准确并美好地描述了我们就是关系性的存在的事实。

像现在这样强调社会性和关系性,并不意味着我们就要回到像以前一样的大家族或集体主义,而是要在尊重个人的性格、兴

Chapter 4　成为完整的自己

趣和自由的同时,建立能够共享价值的新的共同体。打造出的能够分享价值的新共同体,既可以是一起度过有趣时光的小聚会,也可以是通过分享或奉献对社会做出贡献的大聚会。不管是什么样的形态,我都需要不断地和其他人建立关系,创造共同体。为什么幸福不能是一个人,而是要和谁一起创造呢?对于这个问题,埃里希·弗罗姆在《爱的艺术》中是这样解释的:

> 对自己的爱和对他人的爱之间是不能有"分工"的。相反,前者存在是后者存在的条件。

"想要幸福的话就爱自己吧",到现在为止,我们经常会听到这样的话,然而弗洛姆却相反,他说"只有爱其他人才能够爱自己"。他这么说的理由是什么呢?只要想一下小孩子的表现,就能很清楚地知道其原因。小孩子不是先学会爱自己或有关爱的内容后才开始爱的,而是先通过爱父母或家里其他人来学习爱。也就是说,爱从一开始就是指向外部对象的一项活动。弗洛姆认为,爱不是个人的感情,而是与某个人一起进行的活动,不是一个人自我沉浸,而是要和其他人一起参与。

> 爱是一种积极的活动,而不是一种被动的情感。爱

连我都不知道自己想要什么的时候

是"参与",而不是"陷入"。如果用最通俗的方式来说明爱情的主动性的话,那就是,爱情主要是给予,而不是接受。

内容关乎爱情、关系和幸福的哲学随笔《爱的艺术》于1956年出版,直到六十多年后的今天也深受大众的喜爱。在强调个人的现如今,它很好地阐释了我们为什么要对关系进行思考,为什么要学习如何正确地去爱人。虽然也有想一个人待着的时候,但是不喜欢孤独的我们,最终还是只有在爱某个人,和他分享情感及日常的时候才能感觉到自己活着,感受到幸福的存在。

我之所以重新思考爱情和关系的重要性是因为一次特别的经历。有一天我出外勤,结束工作后正准备下班回家,结果在地铁站门口看到了卖 *The Big Issue* 杂志的售卖员。我本来正在考虑是买一本呢还是直接路过,但是因为看到了杂志背面带着一个像信一样的东西,突然好奇里面是什么样的内容,所以最后买了一本。

信里是手写记录的一天的工作。事实上,在阅读之前我还以为会是阴暗且悲伤的内容,但这种想法很快就被推翻了。时而淡然、时而感性的日记形式的文章,就算跟一篇真正的散文相比也毫不逊色。这是一篇对世界和人类饱含真心和暖意的好文章。我不禁因自己之前对这封信内容的偏见感到惭愧。

Chapter 4　成为完整的自己

　　第二天，我再一次来到了地铁站，打过招呼后小心翼翼地对售卖员说了我对这封信的感想。他笑得很开心，然后和我说了很多话。就这样愉快地进行了谈话后，我觉得他的脸庞看起来似乎不一样了。现在在地铁站前站着的不仅仅是一个街头的杂志贩卖员，而是一位见了面可以打招呼，也可以互相分享人生故事的朋友。

> 我们因受到款待而进入社会成为人。成为人即是拥有位置或场所的意思，而款待则是留出位置的行为……将我们变成人的不是抽象性的观念，而是我们每天从别人那里得到的待遇。

　　在这件事之后，我再一次阅读金贤京的《人，场所，款待》的时候，十分认同地点了点头。如果我没有读杂志上的信，没有与售货员进行谈话的话，我可能会一直用带有偏见的眼光看他，但是通过阅读文章和交谈，我将他视为一个人及共同生活在社会上的同僚。

　　我们就是这样一起生活在这个世界上的，所有鲜活的存在都有得到幸福的资格。为了得到真正的幸福，我们应该把心放在珍贵的东西上，懂得如何去爱。因为只有懂得爱的人，才能真正地

连我都不知道自己想要什么的时候

得到爱。

现在请再回想一下自己爱的人的样子,家人、朋友、恋人、职场同事……只有我们能与每天见面的人交流爱意,舒心地进行沟通的时候,我们才可以说我们是幸福的。即使其他所有的事情都解决得很顺利,如果与珍贵的人关系不顺的话,也很容易会变得不幸。谁也不能独自一人就得到幸福,因为在遇到开心或悲伤的事情时,我们需要有能够一起谈论这些事情的人的存在。

如果每天的生活都很艰难,
请不要一个人难过,
向自己爱的人和爱自己的人主动靠近一步。

不要独自担心,
那个人会不会也很疲惫,
会不会因此厌烦自己。

向他借个肩膀敞开心扉,
偶尔也能让别人依靠,
互相诉说悲伤难过的事情,
然后安慰彼此。

Chapter 4　成为完整的自己

如果想要得到别人的爱，
首先要有勇气去爱别人。
在表达爱、给予爱的过程中，
你会变得更加强大。

我希望世界上的每一个人，
都能够获得幸福。
真心希望每个人都能如此。

不要害怕，也不要退缩，
愿你可以用尽全力去爱，
这才是爱自己的最佳方式，
也是所有人获得幸福的最正确的道路。

连我都不知道自己想要什么的时候

后记

称其为"感悟人生的文章"的理由

  时间一晃而过，以"读书的男人"这一身份活动已有七年。正如平台的标语所述，"在美丽的文字间感受人间温情"，这七年来我都致力于收集和分享优秀的文章作品，想要给我们平凡又琐碎的日常带来一丝温暖的力量。令人感激的是，这些年来得到许多读者的支持和喜爱，因而也给我带来了许多鼓励和勇气。

  曾经的我只是一个性格内敛、喜欢读书、偶尔会写写文章的普通人，看到喜欢的书或文章时会废寝忘食地阅读，会被书中的情节内容牵动情绪。这是理所当然的，因为每篇文章都能体现出一个人的人生和他的思想，而我，将这些文章视为罗盘去寻找人生的正确方向。每当感到沮丧又疲惫时，我会通过阅读来寻找心灵的安慰和希望。

  正因为如此，我开始使用"读书的男人"这个称谓进行活动。我想把自己的所感所想表达出来，与大家一起分享，由此得到的结果也是非常让人惊喜的。看到处于不同年龄层、拥有不同

后记

人生背景的人们和我一样,从这些文章中感受到文字对心灵的慰藉,就好像在某种意义上,我们成为特殊的命运共同体。

能让我顺利进行读书分享的最大功劳还是要归于那些创作出好作品、好文章的作者。他们将人生中的悲欢离合、喜怒哀乐寄托在了字里行间,让人在阅读过程中感受到了作者想要传达的情绪和思想。因此,有些文章虽然只有短短几行字,却包含着一个人的人生和思想精髓,因此能够成为给他人带来无限感动的"人生的文章"。

有些人认为既然下决心阅读一本书就必须要有始有终,而有些人则过于强调精读、复读的重要性,但我个人认为,想要体验阅读的真正乐趣,就应该摒弃这些成见,如果只看了短短几篇就遇见了属于自己的"人生的文章",那么也没必要计较究竟有没有完整地读完一整本书了。正因为如此,我选择将《连我都不知道自己想要什么的时候》这本书介绍为"人生的文章",而不是"人生之书"。

《连我都不知道自己想要什么的时候》这本书并不是凭我一人之力完成的作品。给了我许多写作灵感的作家,那些蕴含着他们灵魂的文章,还有一起笑一起流泪、始终伴我左右的读者们,因为有他们的陪伴,我才能鼓起勇气完成这部作品。

连我都不知道自己想要什么的时候

　　完成这部作品期间，我真的感觉十分幸福。通过重温这些优秀的文章和作品，我的心灵再一次感受到了治愈的力量。在此，我由衷地希望各位能够通过阅读这本书，让自己冰封的内心得到治愈和安慰，也希望各位能遇到触动自己内心的文章，感知生活的变化。

2020年1月

全承焕